大地無言

谭学亮 著

CNS 湖南文艺出版社

图书在版编目（CIP）数据

大地无言 / 谭学亮著 . -- 长沙 ：湖南文艺出版社，2024.1
ISBN 978-7-5726-1524-5

Ⅰ. ①大… Ⅱ. ①谭… Ⅲ. ①散文集—中国—当代
Ⅳ. ①I267

中国国家版本馆 CIP 数据核字（2024）第 005821 号

大地无言

DADI WUYAN

作　　者：谭学亮
出 版 人：陈新文
责任编辑：谢朗宁
责任校对：舒　专
封面设计：何嘉莹
插图绘制：刘善平
封面题字：陈劲帆

出　　版：湖南文艺出版社
（长沙市雨花区东二环一段 508 号　邮编：410014）
网　　址：www.hnwy.net
印　　刷：长沙新湘诚印刷有限公司
经　　销：新华书店
开　　本：710 mm × 1000 mm　1/16
字　　数：200 千字
印　　张：20.5
版　　次：2024 年 1 月第 1 版
印　　次：2024 年 1 月第 1 次印刷
书　　号：ISBN 978-7-5726-1524-5
定　　价：59.80 元

序

勇于奋进的人生

“不故作娇媚，也不故作深沉，不发惊人之语，也不无病呻吟，希冀通过撷取日常的一丝一缕，或折射生活的一点一滴，让人从中感受生命的每一次悸动，探微途旅的每一道星光，深味人生的每一遭无常与不易，却还能让人管窥平凡日子中的真善美，领悟柴米油盐中的力量和希望，不舍不弃，继续前行……”

学亮在他的文集自序中如此放笔，既是对该文集内蕴的精准概括，也是对他丰富阅历的恰切表述。

学亮是一位不甘平庸的人才，更是一位勇于奋进的斗士。他曾想通过高考，跨过八百里清江，走出武陵大山，无奈时运不济，大学落选，只读了县立巴东师范，毕业后被分回家乡，成为一名小学教师。尽管他并不拒斥这一职业，但又不愿长此埋名于山野，终老于山乡。他要走出去，他要发展，他要有更多更大更好的作为。

教书育人数年后，学亮成功考取湖北大学中文系函授本科，并在一位老师的沟通帮助下，结识了一些新友，其中就有我。他多次来函，切望考来湖南师范大学，在我门下攻读当代文学研究生，我自然乐助其成。

报考那一年，学亮的考分很高，是因清江涨水，断邮断航，误了正常面试和录取。其他几位考生分数也很高，我不可能拒之门外，等学亮赶到学校，三个招生名额已满。这可怎么办？我便去力请系里颇具声望的古典文学导师黄钧先生和龙传仕先生给予帮助。经多方沟通与努力，终于让学亮调剂录取为元明清文学方向的研究生。

在其后三年攻读中，学亮与我门下几位弟子同吃同住，尽管所攻专业不同，却结下了深厚情谊。节假日他们则常来我家聚会，与我亲密得如同父子。毕业迄今 30 余年，他们也从未间断过登门探望我。特别是每年春节，他们都要前来贺年，有时还携带夫人和小孩，老少欢聚，其乐融融。

说来也巧，他们几人都只生养了一位千金，我的两个儿子所养也是独生女儿，合起来如“少女天团”一般，真是好不喜人哟！

当今这个社会，凡是人才，都不太可能被埋没，学亮亦属此列。他研究生毕业后被湖南省财政厅录用，先在办公室当秘书，后被提任办公室副主任、资产评估管理中心主任等职，汶川地震后还任过湖南援川工作队副队长，回湘后擢升为某省属国企党委书记，每处都独当一面，勤勉出色。

更难能可贵的是，学亮在干好本职工作的同时，并未丢失他的专业爱好。在繁重的工作之余，他笔耕不辍，书写自己的所见所闻所思所想，几年前就有散文集《江流有声》问世，且备受读者好评。

现今他的又一部文集即将付梓，我怎能不为之叫好呢！

有点无奈的是，作为“米寿”之人，我已无力赏析他作品的精妙，更难掘其深厚的内蕴，故只能将他不懈进取的人生推介于人，以期读者因人及书，早窥全豹。

这是否也可算作一个序言呢？

湖南师范大学文学院教授

2023 年 2 月 16 日

自序

大地虽然无言，时间之钟却始终“咔嚓咔嚓”走个不停，半分半秒都不曾停息。这，大约就是时光的意义。

描摹岁月的声色光影，感知时空的五味杂陈，刻画众生的悲欢离合，体察生命的喜怒哀乐，发抒心田的所叹所思。这，大约就是文字的意义。

不故作娇媚，也不故作深沉，不发惊人之语，也不无病呻吟，希冀通过撷取日常的一丝一缕，或折射生活的一点一滴，让人从中感受生命的每一次悸动，探微途旅的每一道星光，深味人生的每一遭无常与不易，却还能让人管窥平凡日子中的真善美，领悟柴米油盐中的力量和希望，不舍不弃，继续前行。这，大约就是我和本书的梦想了。

本书四十篇文字，绝大多数成于近几年间。按照相对独立、其实很不严格的标准，它们被粗分为五个板块。

“岁月芬芳”大体写人。这里面有亲人，如头三篇写的是九十多岁的母亲、七十岁的姑姑和四五岁的侄孙女；有同学，如《红树林》中的师兄弟；有友人，如《剑客行》中的老友新朋；还有普通人甚至陌生人，如新月湖边的学子、春节偶遇的“牛人”等；最后一篇的“鸟人”，更是一个大写的人。人是社会的主宰。透过他人，观照自身，不失为一种宝贵的人生态度。

“红尘轻影”是不太纯粹的游记。大体是以游为线，选取几个点，远远近近，写背后的人和事，曾经的史和实，比如文庙坪的文化复兴之举，扶贫点潮水村的前世今生之路，文化抗战中心之一李庄的人事沉沦之叹，等等，大抵相由心生，境随心转，借眼前山河，浇胸中块垒是也。

“别样留存”是一组或清醒或模糊的人生社会影像。视角不同，况味亦殊。爱是不能忘记的，痛更是不能忘记的，苦尽甘来，才是众生之愿。时代需要进步，他山之石可以攻玉，取长补短，方为发展良策。亡羊补牢而非画地为牢，努力走向科学、理性与昌明，便是存照的意义。

“江流有声”取自我的首本散文集书名，文字也都与她有关。《江流有声》问世后，蒙诸君不弃，引发了颇多有趣且感人的故事，如不少人读得又哭又笑，不少夫妻父女母子争读，不少书友主动张罗读书分享会，还有人因读她影响了睡眠或工作“严重投诉”我，更有人把她比作语文甚至人生的“教科书”，如此等等。书友们的一颦一笑，自己的每次心潮起伏，都是记录与分享的好理由。

“时光镜像”是一种尝试：取材于一次普通的住院经历，写作于治疗期间。生活虽无语，美却在发现。前后 100 天的所见所闻和所感所得，确实让人深叹人生不易，健康无价，情谊温暖，一枝一叶总关心。

以上，大略就是全书的梗概。想到文字既已结集，其优劣短长，自当交由读者评判，在此我便不过多置喙了。

古人云：“文章合为时而著，歌诗合为事而作。”我的心愿，自然是继续写下去，为平凡的日子多留一点记录，亦为平凡的人生多添一抹亮色，如果读者依然喜欢的话。

是为序。

谭学亮

2022 年 12 月 25 日

- 目 录 -

岁月芬芳

红尘轻影

别样留存

岁月芬芳

九旬母亲南巡记

一

过完 94 岁生日，母亲终于答应：随我们到长沙转一圈，住几天。

起初，母亲似乎不是太愿意。理由是年纪大了，经常腰酸背痛，腿脚不方便，耳朵也听不见，又不认得字，总是麻烦别人。

除了听力确实严重下降，母亲的理由其实很牵强。

母亲不但日常生活基本自理，就是生日那天，还颠着一双小脚，跑前跑后，为三个早回的六七十岁的女儿亲自下厨，做了一桌子丰盛的早餐，并没看见腿脚不方便呀！

更何况，照顾老人，本是儿女天职，何来麻烦一说呢？

母亲其实是担心，担心我们久留她。

这事怪我。那时父亲还在，有一次，我把两老接来长沙，并强留着，前后住了年把时间，过了年才走。

可母亲老觉得老家才是她的家，其间几次要回，我都犟着没同意，谁知竟然给母亲留下了“心病”。

同来探望儿孙的妹妹，因为响应我的号召，回时没带母亲走，连带挨了多次冤枉批评。

后来，我们幡然悔悟，明白“顺者为孝”，便答应母亲“想来便接、想走便送”，还前后实践了几次。但估计是那一次“心病”太重，母亲时常淡忘了我们早已“痛改前非”，还是不敢相信我们。

唉，简直是好心办坏事。后来者，要谨慎啊！

二

这次动员母亲南巡，不单是眼见母亲九十有四，身体状况也确实不如以前，次次都要万分珍惜，还因这次的机会和条件简直完美。

一则妹妹即将添第二个孙宝宝，她儿子因此提前接她来长。母亲也早就许过愿，到时也要来看重孙宝宝。这次如果同来，不但有专车坐，更有儿孙们一路照顾，多好！

二则十天后，我那“山歌王”堂弟学聪要迎娶儿媳妇，在州城恩施办酒，早就给她发了喜帖。我们知道，侄孙子这喜酒她是很想喝的，侄孙媳妇也是很想见的，我们自然也会护送她一起去。

更何况，吃过喜酒后，还有同来吃酒的儿孙们一路陪护她回家。

如此前前后后，也就十来天时间，于母亲而言，可谓一次不长不短、恰到好处、绝对可以有的旅行。

唯一的不足，是小重孙宝宝还一下子见不着。

但这，能算问题吗？

于是，我便大着嗓门，对着母亲的耳朵，详细解说了好几遍我们认为近乎完美的“南巡计划”。

母亲似乎听清了，也听懂了；有点心动，也有点犹豫。

关键时刻，大嫂子不轻不重“将”了母亲一“军”：您如果不去长沙玩，恩施也没人陪您去吃酒哟。

不知母亲是被“将”住了，还是明白了我们的“苦心”，反正，母亲终于答应南巡。

三

母亲大人南巡，作为发起人和鼓动者，我其实颇有压力。

其实也无他，就是吃住行都有点问题。

主要是妻在外地工作，周日去，周五回，平时不会在家；家距单位 20 公里，若坐公交上下班，单程就是漫长的一个半小时，是故我平素都住单位；即使母亲来了，我每天住家里，也需早出晚归，白天没办法照顾她。

好在亲人不少，母亲也处处受欢迎。

最后确定的接待方案是：母亲先在同来的妹妹和她儿子家住两天；然后去星沙我表弟、她后侄儿子家住两天；第五天我再接回来，陪着到医院检查身体，周末到我家住两天；周日晚则去另外两个外孙女家做客，周二晚启程回恩施。

方案出来后，大家都说好。

还有一个外孙女远在株洲，也希望外婆去住两天。我说，目前吃住都安排在长沙，且每处只有两天。你想接外婆去住，我原则同意，但只能和幺姨、表舅和表姐他们几个打商量，匀点时间出来。

后来，母亲并没去株洲，估计是因为时间太紧，几处商量没有打过来，看来只能留待下次了。

四

母亲抵达的时间，是周日下午五点左右。

想到母亲首站会直接去妹妹家，而不是先去我家，无论如何心中都有些愧然，途中我悄悄定好地点，约好人头，先为母亲办了一个小小的欢迎宴。长沙城区能参加的亲人自然悉数参加，妻也决定推迟出发时间，见过婆婆再走。

名曰家宴，其实就是普通晚餐，但到场的两位特殊欢迎者，还是给母亲带来了不少意外的快乐。

一个是我高中同学的女儿，湖大读博的嫚嫚，自小便与老人特亲，“婆婆”（即奶奶）叫得比亲孙女还甜，母亲也不知有多喜欢她，路上还在细细了解她的近况。我便悄悄通知了嫚嫚，请她参加。

嫚嫚听说婆婆来了，也是高兴异常，马上带着新婚不久的博士先生一起来了。

面对似乎从天而降的宝贝侄孙女，母亲高兴得不得了，立马把她拉到身边坐下，握住她的手，不停地问长问短，手也久久不肯松开，亲热得简直让人羡慕和嫉妒。

另一个是正读高一的侄子，母亲最小的孙子。本来学校没放假，他是不能出校门的，我们也没抱什么指望。但他妈妈试着告诉班主任，说孩子 90 多岁的奶奶从湖北老家来了，过几天就要走，希望能看看孙子。

没想到善解人意的班主任老师立马同意了，让我们一大家子好生感动。

最小孙子的突然出现，于母亲仿佛喜从天降，满是皱纹的脸上瞬间堆满了笑容。

只是我们的地位立竿见影下降了。本来我坐在母亲旁边，孙子一到，她便命令我说：你挪开一点，让盼盼（侄子乳名）坐我旁边。

我赶紧乖乖挪开椅子，丝毫不敢怠慢。但我们知道，这，就是母亲的亲情呀！

只是她把当年对我们的爱，全部转移到了她的宝贝孙子孙女身上。

我们假装吃醋也没用，唯有赶快掏出手机，拍下这温馨动人的一幕！

五

时间过得飞快，眨眼间，四天就过去了。在妹妹和表弟家，母亲自然都受到了特别精心的照顾。

唯一的问题，是行李一天天沉重了。

母亲来时，穿着幺儿媳妇去年买的大红棉袄，谁知到了妹妹和表弟家，外孙媳妇和后侄媳妇又各自给她买了一件，外孙女还买了一顶厚厚的红色簪花绒线帽。

母亲觉得推又推不掉，穿又穿不完，带还难得带，便感到好生为难。

说起来，这何尝不是母亲“幸福的烦恼”呢！谁叫她的儿孙们都被她从小教育得知道感恩，非要孝敬她不可！

不过，我也觉得应该适当干预一下。知道他们都是出于真心，完全“禁止”反而伤人，便反复强调：下不为例好不好？特别是不要再买袄子了。

大家都说行。

最后一站，两位外孙女做得比较好，忍住只买了贴身的秋衣裤，特别是还“投其所需”，送了两个已经用过的小提包，母亲便没推辞，高兴地收下了。

六

我决定不再给母亲买衣物，而是陪她去看看病。网上挂好号，周五上午，带着母亲到了医院。

起先我以为，应该是去看看常见的老年病，于是挂了一个内科的专家号。谁知医生听说母亲是腰酸背痛膝盖疼，便建议去看骨科。想想也对口，于是改号，重排。

骨科坐诊的是刘建龙大夫，三十五六岁。听我说母亲已 90 多岁，便决定先看她。

问过情况，刘大夫说：老人年纪大了，别的检查也不用做，因为即使有问题，也不建议动手术。只需开点膏药贴贴就行，老人要尽量少吃药，免得影响肠胃。

听了刘大夫一番话，我不禁暗暗感叹：现在的医德医风竟然变得如此之好了！

记得十几年前，有一次，我因皮肤有点过敏去看医生，一位中年专家一见，竟然如临大敌，要我赶紧住院，起码一星期，不然会有生命之忧。我说，近段时间实在太忙怎么办？医生说，起码也要住两三天。我只好假装说没带够钱，赶快逃之夭夭，然后重找了一位老大夫，开了五十几块钱的药，没几天便好了。

两相对照，怎不让人感叹呢！

但我还是坚持给母亲开了两种西药，不然母亲又要暗暗担心了。

检查过程中，我问母亲：这几天腰酸背痛膝盖疼的情况怎么样了？

母亲说：这几天没劳动，好多了。

我说：您看看，这不就是累出来的病吗？早就让您别劳动了，您偏不听！

母亲却说：我劳动了一辈子，闲不住呀！

这就是让我们既无奈又无语、既可叹又可敬的94岁的老母亲啊！

七

到家那天，天气晴好，下午，我决定陪母亲到校园走一走。

母亲是闲不住、坐不住的，喜欢到处走走看看，且对什么都好奇，也喜欢与人聊天，不管是谁，都很容易搭上话。校园里孩子们众多，母亲一路聊过去，定会十分开心。

宿舍外是一弯新月形的湖泊，沿湖有条步道。我陪着母亲走过去，便见不少学子正三三两两散步或读书。

临湖的栏杆边有三个女生，正嘻嘻哈哈，不知聊着什么。母亲一见，满是欣喜，蹒跚着迎了上去。我也快步跟上，好充当翻译。

原来是几个大一的孩子，十七八岁，一个高个儿来自东北，两个矮个儿来自本地，正筹拍什么视频节目呢！

母亲不无自得地告诉她们，她有几十个孙子孙女，其中一个孙女研究生刚毕业，最小的两个孙子孙女正在读高中。

瞧母亲那亲热的神情，也定然是把这几个孩子当成自己的亲孙女一般了。

有个小女孩好奇地问我：奶奶多大了？

我故意卖关子说：你们猜猜看。

一矮个儿女孩说：五十多。

于是我又鼓励了她们一下：胆子大点，再猜！

另一个说：最多七十！

我笑着公布答案说：你们也太不敢猜了。告诉你们，奶奶已经满了94岁了。

三个小女孩都吃惊地张大嘴巴，一个个“哇哇哇”地赞叹起来。

我把她们猜的岁数大声告诉母亲，母亲也自豪地笑了，说，我要是有那么年轻就好了。

高个儿女孩提议说：我们和奶奶照张相吧。

三个小女孩于是排成一排，把母亲簇拥在中间。母亲也满面笑容，伸出青筋毕露的双手，一边攥着一个小女孩的小手，生怕她们跑掉了一样。

我见此便轻触了一下快门，“咔嚓”一声，把素昧平生四婆孙的形象定格了下来，这也成了母亲南巡途中的有趣记忆和纪念之一。

八

幸福的时光总是短暂的。周二晚上，母亲按计划踏上了归途。

那一天，母亲头戴外孙女送的红绒帽，脚蹬过生日时大女儿送的粉红色新棉鞋，手提外孙女送的小提包，并在我们鼓动下，终于换上了后侄媳妇送的带毛领的新袄子，全身上下焕然一新，满满的都是儿孙们的孝心。

母亲的精神状态看上去也不错，真不像是 94 岁高龄的老太太！

外孙媳妇送的另外一件新袄子，连同其他礼物和行李，则由陪同前往吃酒的妹妹负责管理了。

站台上我们告诉母亲：一年后重孙宝宝“抓周”的时候，三年后小孙子考取大学的时候，以后那么多孙子孙女们成家立业的时候，特别是您满一百周年大寿的时候，都欢迎您来长沙。

母亲说：不晓得活不活得到那么久，还有六年呢！

我们说：不就六年吗？只要您愿意，肯定行！

母亲笑了，我们也笑了。

火车在笑声中缓缓启动，渐渐没入了更深的夜色，母亲的南巡也就算顺利结束了。

我们心底虽然有点不舍和伤感，却又觉得颇为温暖和明亮。因为我们知道，这里一直驻扎着一个朴素而又美好的愿望！

2021 年 12 月 3 日

祝寿

三月中，我前往荆门，赴了一次寿宴，祝寿对象是我幺姑。

她并非我亲姑姑，而是隔山大姐二姐的亲姑姑，但从小就很亲近，亲姑一般，甚至因为隔得近，感觉还更亲一些。她就嫁在本队，丈夫还是我家邻居，姓李，我自小就叫他幺幺，幺姑嫁来后也没改口。因为这几层关系，幺姑一家待我特好。

那时我已参加工作，因为要自学，回家过年常在二十八九。只要听说我回了，幺姑便会专门接我去她家吃饭，主要是去吃肉。

那几年，幺姑特会喂猪，每头都膘肥体壮，肉切成片，又大又肥，如俗话所说的，“有一拃巴掌宽”，也就是像张开的手掌一样，可以轻轻松松盖住碗口。

去到幺姑家，走上餐桌，幺姑和幺幺就会给我不停夹肉。尽管拼命吃，不要好久，碗上总会堆起厚厚一摞，五六七八片总是常事。好在那时年轻，身体没负担，学校伙食差，腹中油水少，可以敞开肚皮，来者不拒。

现在想来，当年在幺姑家，该是我吃肉吃得最多、最大、最肥，也最过瘾的时候了。

幺幺会拉二胡，水平还不错。我读中师时，曾想跟着学，但看到自己短短的手指头，便作了罢。幺幺文化程度不高，却特别喜欢读书，尤其是古书。某种意义上，这也是他特别喜欢我的原因，因为我是人民教师，标准的知识分子呢！

我来湘后，还给他送过一本《古文观止》和一本《易经》，让他爱不释手，当作心肝宝贝一般。

后来，为了摆脱贫困，像不少家乡人一样，幺姑一家也辗转搬到了荆门，从此远离了家乡。我再从湖南回家，便无法见着他们，自然也不能再去做客，大快朵颐了。山高水远，音讯日稀，十几年前幺幺不幸去世，我也是许久之后才知道。

但在心底，我却一直珍藏着当年那份恩情。我觉得，这也是人之为人的起码要求。

这几年，我不时涌起探视幺姑的念头，但因一些可有可无的冗务，竟一直未能如愿。三月初与小表弟聊天，得知幺姑 70 寿辰将近，刚好有几位荆门朋友正为我热心张罗《江流有声》首次书友会，我决定借此机会，前去为幺姑祝寿。

因幺姑生日那天恰巧是分享会的日子，我决定提前一天去祝寿。一位表姐的儿子、也在荆门打拼的外甥传忠在火车站接上我，上午九点不到就进了幺姑家门。

幺姑家在二楼。许是没想到我会提前一天突然出现，幺姑不但喜上眉梢，甚至还有点不知所措。见我手捧一束鲜花正要献给她，表弟也举起手机准备照相，幺姑这才反应过来，连忙笑着说：慢点，慢点，等我换身新衣服再照。

爱美的幺姑很快就换上一套簇新的衣服出来了，还特地戴上了一顶漂亮呢帽，好遮住有点花白的头发。

我打趣说：其实没关系，您的白头发也挺好看！

幺姑说：那还是不好。你能来，我太高兴哒！没想到你还给我买花！

我说：这可是我第一次给长辈献花！

幺姑开心地说：我也是第一次有人送花呢！

见幺姑欣喜的神情，我这才感到，这束花，献得真是太对了！幺姑的眼睛其实不小，大略因为高兴，便笑得眯成了一道缝。一屋人传看着照片，又开心得笑了好一会。

2022 年 3 月 27 日

小期翔二三事

期翔是大哥的孙女，我的侄孙女，喊我三爷爷，还没满五岁。

“期翔”这名，是大哥先想了好几个，再与我逐一讨论，最后才酌定的。其中，“期”是派行，也是期许；“翔”是名字，也是祝愿。

期翔出生后，侄子侄媳便有儿有女，凑成了“好”字，哥嫂孙子孙女双全，我们也跟着升了级，全家上下喜气盈盈。

自然而然，期翔成了我们的掌上明珠。

最为欢天喜地的，是90多岁的母亲，逢人就夸这宝贝重孙女，其中最津津乐道的，是期翔进幼儿园的故事。

与许多哭天喊地不肯进幼儿园的小朋友不同，期翔似乎天生就喜欢幼儿园，特别适应在那里唱歌、跳舞、玩耍、做游戏的日子，从三岁不到入园第一天开始，每天都是她主动催着她妈妈：快点送我上学去!

母亲看在眼里，自然喜滋滋，甚至对孙子孙媳的好福气都有点“吃醋”了，她常对人说：该然他俩有个好八字，养了个喜欢上学读书的好姑娘。

期翔和太太的关系也特好，学会说话后，就经常绕前绕后，“太太、太太”叫不停，乐得母亲合不拢嘴。

期翔生下来就白白胖胖的，脸巴子比清秀的哥哥大了许多。全家都说，期翔长得像伢子，哥哥倒更像妹子。

与自小就只笑不哭的哥哥不同，期翔是既爱笑也爱哭，哭起来惊天动地，笑起来也可以“响遏行云”。

大家便打趣说：这孩子长大了，当歌唱家肯定行。

只是随着一天天长大，期翔已逐渐晓得害羞，便没以前那么爱哭，爱笑倒是一如既往。

前几天，期翔不知为何突然不高兴了，躺在地上，拉开架势，哭了起来。可等太太和懂事的哥哥一逗一哄，又马上破涕为笑了。我见此便咔嚓一声，将此照了下来。

照相也是期翔自小就有的爱好。以前喜欢当主角被人拍，现在则喜欢当摄影师，拿着手机拍别人，拍风景，拍花草。

因为个子矮，要照相时，期翔便经常会搬来一把椅子，站在上面，把自己垫高一点，再有模有样地开拍。

前几天在家时，她便拿着我的手机，往四周一顿猛拍，同时还晓得或横或竖进行剪裁编辑，真是不简单。

后来发现，她还真拍了一些不错的照片。

其中就有一张风景照，将近前的屋宇、芭蕉、木槿花，稍远的金坪岩岭那道斜山梁，更远的支锁乐群岩和建始鸡公山等一溜山包，以及山巅上的高天白云，全都一一清晰地收于镜底，俨然一张构图精准、画面和谐、层次分明的风光大片。

更难能可贵的是，我那手机是老式的华为 M9，还带着保护壳，分量其实不轻，小期翔竟能握得稳稳的，焦也对得准准的，图也构得美美的。

也许她是随手一拍，却让看的人好生高兴！

谁敢说，期翔就没一点摄影家的天分呢？

毫不夸张地说，我与期翔的关系也特好，在亲友中绝对名列前茅。

虽然逢年过节才可看见她，平时并不能多亲近，但不知为何，她自小就特黏我，见到我就会赶路一般，跟进跟出不放手，我坐下，就会毫不客气地爬到膝上来。有时甚至她爸妈都接不走，假装生气都不管用。

所以，只要我回了家，背她、抱她、逗她、陪她玩等种种职责，也就被我主动承揽了多半。

我们这爷孙俩的感情虽说是天生的，可也常常让我感动。

前几天回家，就有好几件小事感动了我。

那天早上，我要用电动剃须刀刮胡子，就逗她说：你做我的小镜子好不好？

期翔立即爽快地答应了：好！

说完她便真的蹲下来，仔细盯着我的一举一动，然后一一告诉我：这里没有刮干净，那里还有一点点。

最后她似乎还不太放心，便牵着我的手，把我引到了浴室的大镜子前，让我再自检一遍。

这工作态度，真够认真负责的。

许是“小镜子”的请求让期翔上了心，我的个人卫生问题便立马纳入了她的重要议事日程。中午时分，她妈妈炸了一些清江小鱼让我们“腰中”（方言，中午吃点简食填填肚子），我拿起一条，有滋有味吃了起来。

谁知我刚吃完，期翔便拿起一片纸巾跑过来，仔细地帮我擦起嘴角的油渍来。

哇，这可是期翔给我的独一无二的超级待遇，心里别提多美了！

就让大家羡慕嫉妒眼馋去吧！

更有趣的是，期翔还特地跑到夫人耳边，声音要大不小地告诉她说：三奶奶，我把你老公的嘴巴擦干净了！

大家都哄堂大笑起来。

这孩子！也不知跟谁学的！

其实，真正让我高兴、感动，甚至对期翔刮目相看的，是另外一件事。

那天晚上，我和三姐正陪母亲在阶沿上说话，期翔拿着两小包“旺旺”食品走过来，里面各有两片小饼干，见了我，便递了一包过来，并打开另一包，拿出一片，吃了起来。

瞧我这待遇，真是杠杠的！

但我决定不“领情”，并开始打趣起期翔来：你怎么不给三姑奶奶也拿一包来呢？

期翔立马回答说：你给她分一片呀！

谁知三姑奶奶也不“领情”：你为什么不把自己的分给我，却要三爷爷分呢？

我心想：这下可要把不满五岁的期翔难住了！

没想到期翔同样毫不迟疑地告诉三姑奶奶说：我的要分给太太呀！

她一边说，一边把手中的另一片给太太递了过去。

我和三姐不由得放声大笑：本想将一军的，将不住呀！

事后想想，在我们故意设置的“难题”面前，期翔既没小气地不肯把自己的饼干拿出来，也没简单地就把自己的饼干分给三姑奶奶一片，而是提出了另一个近乎完美的方案，让难题迎刃而解，真是有点不可思议。

看来，期翔虽小，却不能小瞧呢！

真希望她一直保持，不要“坐蔸”（方言，退步意）！

2021 年 9 月 24 日

环湖观学记

家邻高校，宅边有湖，因其形状，名为新月。湖中有小岛两座，岛上树木葱茏，浓荫蔽日，乃小鸟天堂。远近岸边，则屋宇错落，花草参差，游鱼来往，万千景致，一一倒映水中，自成一方胜地也。

环湖乃一蜿蜒曲折之幽幽步道，以红砖或青石精心铺就，树下岸边则间以长椅短凳，南北水中更有小亭，以小桥连岸，是故沿途可行可憩，备受师生欢迎，已然休闲至爱也。

本周末，虽炎炎夏日，近晚却因风起，体感微凉宜人，实散步良机也。余一时兴起，便信马由缰，边观湖光，边嗅花香，绕湖慢行而去。

或时为周日，又近晚餐时分，沿途行人稀少，不及往常热闹。然抬眼望去，仍有不少学子，或独坐，或结伴，或静默，或轻诵，其一卷在手之姿、一心向学之态，实让人甚感宽慰。看到年轻的他们，真的就像看到比他们大不了几岁的自己的孩子一样。

前方不远，有高矮两女正面湖而读，奇在书籍在侧，手机在握，仍朗朗有声。于是趋前问曰：是何功课，还需通过手机？

答曰：英语也。

又问：备考四六级？

答曰：吾等均已过级，现拟考研也。

不觉为两人心志高兴，因试问曰：可否为二位照相一张？

两女爽然相应，高者更笑言：还是手持书本如何？

余欣然答曰：如此更好。

如是前行，想到可不时抓拍学子读书照，更觉心情大爽。

行不甚远，见有两同学男坐女蹲，正相对低语进食，状若小情侣，看貌听音，更以为外籍，近询之，方知乃维吾尔族少年。见其食为面，且无汤，因笑问道：武汉热干面乎？

男孩答曰：新疆羊肉面也。

余故作诧异状，问曰：如此不喜洞庭鱼米香耶？

少女笑曰：非也，非也，亦很喜欢！

言笑晏晏中，忽觉民族虽异，其共同感情爱好习惯等等，实可从小厚植也。

继续前行，至南岸，有一串赭红色廊架凌空而出，一簇簇茂密鲜花垂下，色见通体橙红，状如苗家盛典之长杆喇叭，可谓浓烈别致非常，惜未知其名也。

恰架下有女，正埋头阅读，便轻声相询：“请教同学，此为何花？”

女孩闻声抬头，顾花而答曰：“此乃凌霄是也。”

心下因之大喜，早知花名，今日得睹得识故也。

又见女孩深衣浅裤，清秀天然，身边黄猫酣睡，身后绿荫如织，如此依栏捧卷，便是一幅清新脱俗之美图，便亦试问道：“可为汝照张相乎？”

孰料女孩却摇头谢曰：“勿照，勿照，吾不美也！”

余心不甘，遂鼓励道：“此言差矣，用功学子，最是美丽！”

女孩闻言，颔首而笑，满脸灿然，料是默允也。余迅即打开相机，成功定格此一瞬间。

散步归来，更觉此行不虚，故为小记。

2021 年 6 月 22 日

红树林

离开海陵岛的前夜，师兄说：明天早上，建议你先去看看红树林湿地公园再走，不然会留下遗憾的。

我颇有几分狐疑：为什么？它有什么特别的？

师兄说：那可是长在海里的树林，是为数不多的国家级湿地公园。

我不禁暗吃一惊：红树林长在海里？它是如何存活的？

其实，我很早前就听说过“红树林”。记得1993年冬季，因为工作原因，我常在长沙深圳间跑来跑去。有次就在深圳街头，看见了一处醒目的路标：“深圳红树林由此去。”

我估计，那应是一处比较特别的树林景观，却一点也没有动心。我来自武陵大山，住在岳麓山下，早就看惯了“万山红遍，层林尽染”，少看一两处红树林，有什么关系？

转眼28年就过去了，其间也曾到过好多滨海城市，像海口、三亚、舟山、青岛、厦门、秦皇岛、大连等，却一直不曾知晓：红树林原来是长在海里的！

我不觉来了兴致，决定接受师兄建议，看红树林去。

第二天我们起了个早，师兄开车，载着我和师嫂，近七点就到了公园门口。其实没有门，似乎也不要票。停好车，没登几步，就上了海堤。

迎面是块巨型石碑，碑身上分两排刻着十二个大字："海陵岛红树林国家湿地公园"，黄底黑字，颇为醒目。

初看之下，还以为是启功先生手笔，只是那字体字形明显要壮硕许多；再看落款，原来是"爱新觉罗·启骧"。师兄告诉我，启骧先生是启功先生的堂弟，同样是著名书法家。

真没想到老皇家出了"书法双璧"呢！

越过不高的木质围栏，首先扑入眼帘的是一大片低矮的绿色植物，密密实实铺展在脚下的海堤与远处的蓝天碧水之间。其间交织着几段黄色的木板栈桥，一直延伸到远处海中，那里有座小山。

师兄说：那是著名的老鼠山，栈桥就像它长长的尾巴。

那座山头小身大，远远看去，真像一只老鼠蜷着身子，浮在海面，不愧为大自然的杰作。

只是近处那些树，虽然郁郁葱葱，个头却不大，矮的尺余，高的不过一两米，按我可怜的植物学知识，应该属于灌木丛吧。

于是我扭头问向师兄：说好的红树林呢？

师兄说：这就是呀！

我又吃了一惊：顾名思义，红树林应该是红色的，可眼前明明白白是一片绿呀！所谓树林，也应如松如竹，高高大大，亭亭玉立，可以遮阴蔽日，让人穿行其下才对嘛！

师兄看出了我的疑窦，忍不住大笑道：你这是典型的望文生义。红树林是沿海常绿灌木和小乔木群落，只因长期受海水浸淹，富含单宁酸，树干被砍伐后，裸露处便会被氧化成红色，因此被称为红树林。

看来，我真是先入为主了。

许是见我对红树林一无所知，又有几分求知若渴，当我们沿着栈桥，迎着朝阳，往老鼠山进发的时候，热情的师兄便开始为我讲起红树林的种种传奇来。

师兄问：你一定听说过 2004 年底的印度洋大海啸吧？

我说：当然啦。它不是因为一次 9.3 级的强地震引起，导致印尼 23 万人死亡和失踪吗？

师兄说：对呀！可当时印度有一个小渔村，离海岸只有几十米远，172 户家庭却幸运躲过了灾难，你知道这是为什么吗？

因为海岸边长有红树林？想到我们正在看红树林，我灵机一动，将信将疑地答道。

师兄说：对呀！红树林长在海岸滩涂上，葱郁茂密的枝干宛如一道道绿色长城，所以能够有效抵御风浪袭击。

我这才知道，红树林竟是自然界有如此神功的特殊“人才”，不由得衷心叹道：真不愧为“消浪先锋”也！

师兄却得意地说：岂止岂止！科学家研究发现，凡有红树林的海域，几乎从未发生过赤潮，因为它每年每公顷能吸收 150 ~ 250 公斤氮和 15 ~ 20 公斤磷，能够有效地净化海水，所以被人赞为“天然的污水净化厂”和“海洋生物的伊甸园”呢！

我于是对红树林更加肃然起敬了。

可我依然充满疑惑：红树林为何能够生存于海水，并有如此神技呢？

师兄继续为我解说道：作为一种生长于海岸潮间带或河流入海口的湿地木本植物群落，红树林其实是大自然进化的产物。

原来，红树林能够生长于海水中，并非因为它喜盐；相反，正是为了抗争恶劣的生存环境，它才练就了种种绝技。

比如，为了对付海浪，红树林不会长得太高，而是尽可能多地从枝干上长出支柱根，深深扎入泥滩，以保持植株稳定，同时还从根部长出许多手指状的气生根，露出海滩地面，等涨潮甚至被潮水淹没时好用来呼吸。

红树林还把自己进化成了一台神奇的过滤机，其遒劲发达的树根不仅能从海水中过滤出淡水供树干使用，还能想方设法排出体内多余的盐分。

师兄告诉我：其中最有趣的是红树林的“胎萌”。

我问：这是怎么回事？

师兄告诉我：为保证后代的成活率，红树林可是煞费苦心。因为树下土壤常被潮水淹没，种子有可能随水漂流入海；就是退潮时分，也有成群结队的螃蟹和螺，等着把它们作为美食。

我紧张地问道：那可怎么办？

师兄说：红树林可聪明得很！它们先在枝头把成熟的种子“抚养”成芽，等种子长出长达 20 ~ 30 厘米的胚根，才让它们从母体脱落到泥滩，并在几小时内迅速扎根，长成新的个体，就像高等动物的“胎生”一样。

那未能及时扎根在淤泥中的呢？我追问道。

师兄挥手向远方一指：它们可以随着海流在大海上漂流数个月，并在几千里外的海岸扎根生长呢。

师兄讲的故事真是让我又惊又喜，心想，这红树林也忒厉害了吧！

看着眼前的红树林，听着身边敦厚的师兄侃侃而谈，忆起我们当年的读研经历，特别是想到他多变且多彩的人生，我突然觉得：这师兄，不正是扎根南海边的红树林吗？

师兄姓胡，正宗长沙人，他以初中学历起步，先后攻读大专和本科，35 岁时与我等同年考取研究生，成了中文系 90 级大师兄。

三年苦读后，我好不容易留在了长沙，他却义无反顾东南飞，在南海边的某高校当教授和系主任去了。

又数年，依然不甘寂寞的他更以 40 多岁“高龄”自学法律，并考取律师资格证，从而又“摇身一变”，一步步成了当地的大牌律师、咨询专家和全省“五五”普法高级讲师团的成员，其求变能变的能力，让我等叹为观止。

好在六年前他已达龄退休，不然，真不知道他还会怎样“折腾”呢！

这一次我本是路过，计划看他一眼就走，谁知却被他们夫妻俩坚决“截留”了。他们还马上开始“呼朋引伴”，张罗起聚会来。

那天晚上，除了在当地新结识的兄弟，远在花都的李师兄也驱车数小时，专程赶过来，吃过晚饭又匆匆走了，让人好生感动。其他师兄弟姐妹散落国内外，无法到场，只好聊以视频代聚了。

令人惊异的是，到了师兄家我发现，已退休六年的师兄其实仍在继续“折腾”自己。只是这一次，他已从当年苦学谋生用的中文和法律，演进为苦练高大上的琴艺了；不过其投入之状却仍如当年，简直到了如醉如痴的地步。

其显著标志是他不但几处住宅各备有一架钢琴，座驾上也有一架电子琴随时伺候着，可以走到哪，弹到哪！

我不觉在心底感叹：也许，这就是退休生活该有的样子吧！

见我也对钢琴感兴趣，师兄小心支起琴盖，决定好好来上一曲。有趣的是，师兄的琴艺虽已不错，可每当我拿起手机，准备拍段视频时，他却马上紧张起来，找不到感觉了。

如是者三，我只好笑笑，作罢了。

我知道师兄是个追求十全十美的人，比如，他之所以能绘声绘色、如数家珍般向我介绍红树林，平日也定是下足了功夫。我只是没想到，退休了的师兄依然如此高标准严要求，见我欲拍视频，便生怕人前人后留下瑕疵，非要做到尽善尽美不可。

这样的师兄，实在值得我们好好学习，一直学习下去！

想到这，我对师嫂说：给我和师兄来张合影如何？

师嫂说：你们往前走，我在后面抓拍。

我们说：好！

没走几步，“咔嚓”一声，我和师兄在栈桥上的合影便定格在了手机上。

其远景，自然是蓝天、碧水、白云，还有那片神奇而又生命力无限的红树林。

2021 年 9 月 13 日

剑客行

秋日某天，妻发来短信，问周末能否一起学切花去，还同时发来了一段视频。

打开一看，原来是某电视台对一处农场花园的采访，看起来颇为漂亮，想起自己尚不知切花为何物，便动了前往一探之心，并建议说，干脆左右几家一起邀上？

妻欣然同意，于是开始“呼朋引伴”。

友称“左右”，其实是开玩笑。所谓左，指的是我几位老同事，虽然大都出了湘财大院，征程也不尽平坦，但心底情分依旧，脑中火花未熄，一年中总要聚上几次，叙叙友情，磨磨牙齿，打打嘴仗。

而右，则是妻在大学时的“三剑客”，及她们身后的三个“我们”。因为她们仨，我们仨也成了好兄弟。“三剑客”毕业后虽非天各一方，却也不易常聚，每年生日便成了“法定聚会日”。只是十几年后“三剑客”又幸运地成了同事，可以天天见面，还有新“剑客”加盟，便不太管“我们”的聚会了。

这左右几家，彼此也并不认识。仗着我与妻两边都熟，年齿最老，便决定当当黏合剂，周末切花算是首约。没想到报名还很热烈，实乃荣幸之至也。

因为天热，又是召集人，那天我与妻出发稍早。一查百度地图，花园远在城北，出门拐上环线，先北，再东北，全程超 35 公里，需要差不多一小时。

谁知十点不到抵达花园门口，发现六家已到一半，另两家也在路上。盘算了一下人头，除了一连襟一弟媳，其他全都出席，热热闹闹有十几人，其中一家，还特邀了有切花经验的大姐。同志们简直太给力了！

大家便嘻嘻哈哈、簇拥着往花园里去。穿过铺着石子的花径，进了一间简朴却明亮的大厅。

室内并排两张大条桌，一张上立高桶，装满盛放的百合和玫瑰，料是花园备下的，另一张则摆满葡萄和切好的西瓜，一看就是提前抵达的“剑客李”等人准备的。“剑客李”特别周到细致，只要她在场，大家就会少操许多心。

或许还是鲜花更有吸引力，几片西瓜下肚，女士们便提上篮子，拿起刀剪，吵着快切花去。

一位年轻漂亮的女花艺师，戴着顶帽檐宽大的遮阳帽，领着众“剑客”进了屋后花园。先生们无须“护花”，却也紧紧跟着。那花，总是值得一看的。

花园其实不大，密密麻麻的花却不少，其中最多最大最艳的，还数各色玫瑰。

美女花艺师说，这园中，有几十百把种名品呢！

女士们便齐朝玫瑰奔去，刀剪“咔嚓”不停。剪了数支，才想起该与花儿多合影，于是又纷纷操起手机，自拍他拍不断，园里花枝乱颤，笑声一片。

我其实不太认得花，玫瑰月季都分不清，只晓得它们漂亮却带刺，一般敬而远之。今见花艺师在旁，赶紧边看边问，虚心求教，倒也新识了好几种有趣的花草，不但花好看，名也好听。

记得有句古话，叫“花无百日红”，可园里有种花居然敢叫“千日红”，这胆儿也真够大的，它又名“火球花”，模样倒是形神兼备；又如长着五个紫红花瓣的长春花，名字本已很美，偏偏还叫“日日新”，也不知是否读着中国古书长大的。

还有一种花呈紫色，密密麻麻开成了一片，就像万千紫蝶翩飞在绿叶中，可名字却叫“蓝猪耳”，也不知如何与猪耳挂上了钩，还是奇妙的蓝猪耳，真是不可思议得很！

有趣的是，这些花或因名不见经传，很少成为切花对象，便在园中自由开放，也不知是好是坏！

切花自是为了插花。带着各自切花，大家兴冲冲回到大厅，恨不得马上动起手来，“剑客李”却叫了一声“停！”

只见她手举一个蓝色的圆形塑料软垫，上面还立着几排塑料小钉，等大家一一看过，便让大家竞猜此物何用。

大家的情绪马上被调动起来了，有说插花用的，有说给花泥扎孔的，奇奇怪怪的答案逗得大家哈哈大笑。

同来的大姐倒是有切花经验，却偏又看破不说破，只悄悄示意了一下，夫人马上反应过来：给花去刺用的！

“剑客李”说：恭喜你答对了，它就叫“去刺宝”！奖你一枝百合花！大家这才恍然大悟，自发鼓起掌来。

“剑客李”不但是教授，还兼做思想宣传工作，脑瓜活，点子多，为人热情爽朗，有她在现场，保证周全、热闹、温暖，一如今天，早上有水果，现在又冒出来考试，多的是妙主意。

欢声笑语过后，美女花艺师这才开始教大家插花。

原来，这插花要先用花枝和花叶四周斜插打底；要先插好大花，再用小花填空；大花不用留太高，超过花篮就行……

没想到插花竟有如此多讲究，真是“术业有专攻”也！

在众先生关注表扬下，众女神也按照新学的知识，纷纷忙活起来。

花艺师巡视一番，告诉大家说，桌上瓶里的百合、玫瑰、桔梗都可用；那粉色的玫瑰叫戴安娜，特好看，大家可以多插几朵……大家便又纷纷取上几枝，小心加了上去。

不知不觉中，诸女士都按各自喜好插好了一篮花。

最后大家还高举各自作品，得意扬扬展示了一番，并煞有介事进行了互评，结果是大家并列第一，于是皆大欢喜，个个开心得大笑起来。

这就对了，同学们本是奔着聚会和快乐来的嘛！

插完花，时针也指向了十二点，农家午餐开始了！

大快朵颐中我发现，刚才那位耐心细致、温婉知性的花艺师，不知什么时候已变身为笑容可掬的餐厅服务员，正为大家跑前跑后，端菜递饭呢。只有那美丽的太阳帽，依然戴在头上。

莫非这花艺师一专多能且一人多岗？

我心念一动，跑去厨房看了一眼，发现那里也有两位年轻女士正忙着：一位厨师，站在灶前挥动锅铲；一位帮手，蹲在地上捡菜择菜。

难道农场人手这么少？我不由得暗生感慨。

午饭过后，我听室外有琴声传来，便踱了出去。

厅后有座四角之亭，名唤“雨亭”，杉木为柱，茅草覆顶，四壁空空，只有悬着的白色布幔或放或收，风中漾动。亭中间，左为一张大茶台，右则搁着一张古琴。

原来这雨亭，是个煮茶听曲的所在。看这情景，无论晴雨，料想都是不乏诗意的。

妙在此时此刻，正有一位年轻的美女琴师在专心抚琴。听那曲子，是有名的《女儿情》；看那琴师，也颇有几分面熟。

噫，这不是先前在厨房择菜的那位帮手吗？怎么一下子又变成了琴师？我不觉来了兴趣。

旁有听琴的游客悄悄告诉我：她是这里的老板。

我于是更加好奇了！

一曲终了，我赶快向女琴师打听：这到底是怎么回事？女琴师倒也爽朗，热情告诉了其中原委。

琴师叫榕榕，还真是花园老板之一。这农场，是她朋友姚先生——因为当律师太认真，得了严重的抑郁症——为调养身心先盘下，她和毛毛——也就是那位花艺师，为了帮他管理和拓展对外业务，才加入进来。三人一锄一锄地挖刨了好几年，才终于有了现在这样子，并由自娱（治愈）进化到了也娱他。

几位合伙人还按各自特长分了工：姚先生负责农艺，毛毛负责花艺，榕榕负责琴艺，并把会做私房菜的妹妹也拉了进来，让她负责厨艺。

因为日常就姐妹仨在园，有客忙不过来，她们就要随时客串起别的身份，就像我所看到的，花艺师切换成传菜员，琴师切换成择菜员，厨师有时也要充当导游。

这工作其实很辛苦，何况还都是女孩子，好在她们都爱花惜花，觉得其中不但有事业，还有梦想和激情，便不以为苦，反而乐在其中了。

这花园的名气也因她们的努力越来越大，生意越来越好。

这不，连电视都上过好几次了！

听着她们的故事，想到夫人她们几位曾经的“三剑客”，我突然觉得：眼前这几位美女，不更是妥妥的创业“三剑客”吗？难得她们如此志同道合，亲力亲为，每天为美化自己和别人的生活而奋力打拼，这日子，也过得太诗意了！

我于是决定，把这“三剑客”记下来。

那农场花园叫“禾润”，得名于“雨润万物，禾长花香”，就藏在沙坪镇的成功村。

2021 年 9 月 30 日

“牛人”奇遇记

母亲年逾九十，比岳父母年长许多，故此前过年时多是回我老家，其他节令则去岳父母家。牛年春节因为新冠疫情，政策不建议跨省，还要核酸检测，为省却麻烦，去岳父家便成了不二之选。

岳父是农民，家在地地道道的农村，紧挨着一个工业小镇，镇上有大大小小几十家企业。岳父家房后二十米开外，还有一条专用铁路，通向对面镇上一家大厂。

以前有火车跑时，这里还曾是当地一道小小的风景。

后来，那企业经过几次兼并重组，呼啦啦垮掉了，那火车也早没了踪影，只剩两条锈迹斑斑的铁轨和一根根饱经沧桑的枕木静默于摇曳的草丛，似在回忆过去的荣光。

不过，这段废弃的铁路干净、平展，在乡间倒不失为一处散步的好地方。

每次去岳父家，只要天气好，我就会一步步踩着荒草中的枕木，向倒闭的工厂方向蜿蜒走上里把路，抵达一座跨溪的小桥后再返回。

牛年春节，天气特好，如同老天恩赐，似在补偿不能归家的游子一般。每天沿铁路走一走，就成了我过年期间的必修课。

没想到就是这走一走，还真让我邂逅了一位“牛人”。

大年初一午后，阳光灿烂得很，温度也到了 20 摄氏度上下。我一边接打着拜年电话，一边顺着铁轨漫步向南，不知不觉就到了铁路桥头，耳畔忽然传来欢快的乐曲声。

循声四望，发现轨道右侧斜坡边的一道小坎之上，竟有一人裸着上身，就势侧卧于干黄的草丛中，且擎着手机，背对着我听歌呢！

我不禁暗吃一惊，心想这人也太牛、太浪漫了吧！即使春阳再暖，即使音乐再爱，即使满身野气者如我，也是绝不敢打着赤膊，卧于草丛，悠然畅听的！

我于是轻轻踱到他正面，悄悄望了一眼，发现竟然是位壮壮实实、还颇有几分帅气的中年汉子，看上去五官端正，皮肤白净，神态安详，只是嘴角紧抿，双眼微闭，像睡着了，又像在看着手机，反正满脸都是幸福的样子。

张望片刻，虽然那“牛人”依然一动不动，我却怕他突然睁开眼睛，引发不必要的尴尬，便赶紧走开了，但这位别具一格的“牛人”却给我留下了深刻印象。

没想到的是，大年初二，我再次邂逅了这位“牛人”。

那天下午三时许，从对面镇上的亲戚家拜年归来，我与妻决定沿铁路步行回家。

太阳暖暖照着，微风习习吹着，除了坡下田间几头吃草的老牛偶尔打个响鼻，四周寂静无声，让人有了倦意。过桥后我们决定以枕木为凳，小憩片刻。

等我再度起身，还没走上几步，却突然发现铁轨外的缓坡下，昨天那处老地方，那位“牛人”依然裸着上身，侧卧于那片干枯的草丛中，似乎连睡姿都没变过。

有所不同的是，他似乎把上衣做了枕头；鞋袜也脱了下来，整齐放在背后的平处；裤管也高高卷着，露出了白白的小腿肚子。

手机倒是没看见，也没听见歌声乐曲声，不然我们就会早点注意到他了。难道是手机没电了？

见“牛人”同样纹丝不动，我心里不禁猛地咯噔一下：他为什么还睡在这里？他是醉了还是病了？

我正打算凑上前去细究一下，那“牛人”却突然蜷起左腿，在右腿上轻轻摩擦了几下。

我便如前一日一样，轻轻走到他的前方。回望时，他正好耸了耸眉毛和鼻子，像是驱赶蚊虫一般。

那脸依然干干净净，神态亦安详如故，跟酒态、病态，或流浪汉、乞丐的模样，实在挂不起半点钩来。

我见他似乎毫无睁眼打量一下四周包括我的意思，也实在找不出惊扰他的理由，便只好又一次悄悄走开。

不过我也因此多了几分担心。连续两天半裸着睡在野外，总是不太正常的。白天阳光灿烂还好，但到了春寒料峭的晚上呢？

回岳父家后，说起这位“牛人”，正玩纸牌的岳父抬头提醒说：该不是哪个单身汉，与家里闹了矛盾，跑出来了吧？

我说：不可能吧？听您的意思，村里还有蛮多单身汉？

岳父言之凿凿地说：怎么不可能？你莫看到处都是高楼大厦，里面有好多人三四十岁了，还没娶到媳妇呢！

岳父的话让我不禁心底一沉：怎么会这样？

岳父家所在的这个小镇，不但比较富裕，其实还颇有一点名气。记得第一次去时，就听说她是全国农村综合改革的试点镇，还很是为她的不凡和美好激动了一阵子。

当年镇上的企业也很红火，特别是有铁路的那家企业，白天机声隆隆，晚上灯火通明，白烟白雾没断过线。看到厂里上班的姑娘小伙，镇上人的两眼都能放出光来。

只是几十年过去，镇子的变化似乎并不大。倒是进村回家的马路越来越弯曲狭窄，车也越来越多，错个车千难万难，因为路边早就建满了各式各样的房子，且大多是三四层的楼房。

听说，这都是村里的年轻人四处打工挣钱回来建的。

可为什么村里的单身汉还会这样多呢？难道高楼大厦已引不来愿栖居的凤凰？难道远近同龄的姑娘都去了远方？难道那位“牛人”就是大龄单身汉之一？

为解心中疑惑，我决定初三再去桥头看看。

我想，如果这位“牛人”还在桥头继续酣睡，无论如何都要叫醒他问问情况；如果真有问题和需要，也可提供一点力所能及的帮助，不然我难以心安。

初三那天要去拜年的人家很多，一早就出门，返家时已近傍晚六点。因为心头一直挂着这事，便要开车的妻弟拐了个弯，把我送到铁路桥下，我再沿着桥头的陡坡，急急火火爬了上去。

夕阳余晖中，田间那几头老牛依然在悠闲地啃着青草。桥上还多了数位行人，或站或坐，怡然自得。可那片荒草丛中，却不见了“牛人”的踪影。

我见立于桥头的是位穿戴整齐的中年男人，说不一定会认识那位同龄的“牛人”，赶紧迎了上去：请问您今天在这里见过一位打着赤膊睡觉的人吗？

他告诉我：听说上午有人看见过，就睡在枕木上，开始别人还以为他死了呢！

我心里又为之一惊：那他后来去了哪儿？

那人摇摇头：我也不知道，可能回家了吧。

我又充满侥幸地问道：那您认识他吗？他家在哪里呢？

答案还是否定的。

心里隐隐有点遗憾，唉，要是昨天问问就好了。于是决定转变思路，询问了几个当地亲朋，个把小时后，终于有信息零零碎碎地传来。慢慢地，我也拼出了这位“牛人”的轮廓：

据说“牛人”姓张或姓李，也可能都不对，别人都叫他“满哥”“老满”。“满哥”也不是他的名字，而是那一带的方言叫法，说明他是家中最小的男子汉。

不过满哥只有个姐姐，已经出嫁了，几年前母亲也去世了，自己又没成家，就与 70 多岁的老父亲相依为命。他的家在铁路背后那座小山的半山腰，有栋三层楼的房子，家境应该还可以。

听说满哥年轻时，曾在那家大厂当过工人。厂子垮掉后，还在镇上卖过一阵子猪脚和嗍螺。后来便四处打工，平时很少回家，与村里打交道不多，难怪好多人不认识他。

满哥为人也不错，不知婚姻为何耽误了，父母亲急得很，姐姐也张罗过好几次，都没成功。后来满哥的母亲撒手西去，老父和姐姐却还是催，有时就不免说上几句。

满哥自己起初也急，但到后来，不知为何便不急了，甚至说再也不找了。这几天他是又被催婚，还是因为别的事闹了别扭，才无奈逃到桥头，倒头裸睡，就不清楚了……

原来如此！

没想到还真被岳父说中了！

有了信息碎片拼出的满哥轮廓，我深惭于先前对他的称呼，以及对他若有若无的忽视。

他算什么“牛人”呢？他就是一个普普通通的农村中年单身汉啊！

扪心自问，本是高高兴兴大过年的时候，谁会孤身一人裸睡野外呢？

可是，两次见到如此奇怪的他，我却都想当然地以为“他很好”，始终没有开口问他一声。幸亏天气晴好，倘若冻病冻伤，岂不让我更加寝食难安！

然而我也尴尬地发现，我其实帮不了满哥什么。也许唯一应该冀盼的，是牛年新春的太阳不但能够温暖这位假“牛人”的身体，更能够照亮他的内心乃至人生。

2021 年 3 月 5 日

“鸟人”周自然

自然君一早来信，说他等会儿要送本新书过来，到了楼下再电告。

我不禁又惊又喜。

严格地说，我与自然君不熟，甚至连面都没见过，头长头圆也不晓得。他其实是我的一位书友。我的《江流有声》面世后，原单位一老同事极宏君为示支持，曾下单几十册送友人。自然君是他本家兼老乡，就进了“强赠”之列。没想到竟然被他喜欢上了。

那天是周末，他下班时收到书，端坐办公室，花了四小时，一口气读完了《江流有声》，并马上开始在家族中接龙，限定每家两天读完，一时应者雀跃。他还快马加鞭，写下长长书评。

读到老同事转来的书评，心中自是欣喜万分又感动莫名。不惟心血之作得到了陌生书友认可，其文也养眼养心得很，洋洋洒洒，不疾不徐，详略得当，起承转合自然，一看就是行家手笔。我这是遇见了知音呢！

让人好奇的还有他的笔名，叫“大雁去迁徙”。此君何等风致，才会想出如此特立独行之名来呢?

此后，除朋友圈偶尔点赞，我与自然君其实并无太多交集。突然得他出书喜讯，且有书专赠，心底自然好生高兴。这该是一本什么样的心血之作呢?

“叮”的一声，手机来了信息，原来是自然君到了。赶快下到大堂，但见厅中立有一中年汉子，面前几案搁着厚厚一本新书，心想必定是他了，于是急急迎上前去。他也迎上前来，两人算是对上了。

四手相握，才发现自然君个头与我差不多，只是身材明显精干多了；脸盘不长不圆也不大，眼眶微凹，眼睛却炯炯有神，镜片后隐隐射出两道精光，似带锐利之色，也挟豪侠之气，更有浓浓的掩不住的文人雅意。

松手坐下，自然君递过书，封面首先映入眼帘。但见湛蓝天幕之下，皑皑雪山之上，五只大雁组成“二二一”队形，正展开翅膀，奋力飞翔。书名《跟着大雁去迁徙》，七个白色黑体大字，也“二三二”分成三排，醒目列于雁阵上下，如两翼护航般，煞是好看。随手一翻，内里还有不少彩照，图文并茂，灵动高雅，一下子就让人喜欢上了。

赶快请他签名。他也不客气，“唰唰”几笔就在扉页留下了墨宝，却又特意提醒我，这书非他所著，是故写的是“品鉴”而非“雅正”。

定睛一看，作者果然另有其人，大名“徐亚平”是也。后来我才知道，这徐亚平君不但是自然君的同道和挚友，还是著名的民间机构——岳阳市江豚保护协会创始人，因为保护“水中大熊猫”江豚功劳甚伟，被人尊称为“江豚爸爸”。

我感叹于自然君的认真和细心，却也心生好奇：非自己所著，还专程送人？自然君解释说，书里用了他许多照片。

自然君是摄友，这我是知道的，圈里见过他发的不少精美鸟照，似乎隔屏都能听见它们的欢声笑语。书中有己照片，便以此送人，倒也合情合理。我暗想：莫非这《跟着大雁去迁徙》，是本“打鸟”之作？

送走自然君，再次看他签名，却发现了新端倪：这书名不就是他笔名“大雁去迁徙”之前，加了“跟着”两字吗？他怎会允许别人将自己笔名用作书名？这书与自然君，是什么关系？

春节后开完工，我才正式开读《跟着大雁去迁徙》。兴冲冲读完作家韩少功的代序和作者徐亚平的后记，我特惊讶地发现：这自然君，也委实太谦虚、太低调了！

原来，这本40余万字、近500页、沉甸甸的大部头，既非“打鸟”之作，也非仅用了自然君几张鸟照，它，其实是一部讴歌十余年来，全世界万千志愿者殚精竭虑，倾尽全力，共襄爱鸟护鸟伟大壮举的长篇报告文学！

而自然君，作为这场壮举的发起人，这群志愿者的主心骨，也是这部报告文学作品的核心主角。

我不觉对他陡增敬意。没想到个头不高、普普通通的自然君，竟然是这样一条伟岸卓异的汉子！

在封面的左侧，有两行竖排金色小字：“十年如影随形的痴情守护，一部跨越国界的迁徙史诗。”

无疑，这是打开该书的窗户了。

自然君的家在洞庭湖畔、汨罗江边、屈子祠旁，特殊的历史地理人文环境，让他自小就浸染了屈子的家国之念，也看惯了洞庭湖的雁起雁落。

中国农大学成归来，他在洞庭湖中的君山待了八年，会同小伙伴把个濒临倒闭的企业整得虎虎生威，又在大家的依依不舍、百般挽留中自主创业，同样风生水起。成就了事业梦想，实现了财务自由，他便想做点自己喜欢、更有味道的事了。

2012 年 8 月，候鸟南迁在即，打小就爱鸟的自然君不禁突发异想：每年如约南来北返的大雁，走过的是条什么样的迁徙之路呢？

他决定采取全民参与方式，通过网络去追寻大雁迁徙的身影。为此他注册了微博号“大雁去迁徙”，发出了第一条微博：

今秋，你，当大雁从头上飞过，拍下来，发一条微博。全世界的微博，描绘出大雁迁徙的轨迹，而你，正在“跟着大雁去迁徙”。

自然君此举很快就引起了热烈反响，北京青年画家李理、青海青年牧民吐旦旦巴等许多陌生、遥远、普通却志同道合的网友纷纷加入，从此一发不可收。

自然君起初以为，大雁南来北往，应该就像歌儿所唱，是在奔赴诗与远方，后来他才知道，随着人类对环境的破坏，随着栖息地被肆意侵占，随着一些愚昧或不法之徒利欲熏心，大雁的迁徙之旅其实充满艰难险阻，它们常无栖身之地，常无果腹之食，不时还会遭遇血腥杀戮等灭顶之灾……

在书中，就记录了这样一个故事，叫“黑豆梦断山海关”。

2013 年 3 月，一只肩负科研使命、配有跟踪器、被自然君命名为“黑豆”的豆雁，在鄱阳湖被救生放飞，孰料一个月后在山海关失联了。

自然君赶快通过微博向京津冀辽的鸟友们紧急求助。当地志愿者田志伟和北师大博士阙品甲等立马开始寻找。后来“黑豆”虽被找到，谁知却早被捕鸟夹子重伤，终告不治，殒命于北归途中。

消息见诸报端，世人唏嘘不已。一只鸟的死亡，不但牵动了当时国人的神经，就是如今读来，依然触目惊心。

自然君更是为此痛心疾首，他决定举起爱鸟护鸟的大旗。“跟着大

雁去迁徙”，也就从一时心血来潮般的观鸟之举，变成了铁血护鸟的重大公益活动。

自然君其实想得更多、更大、更远。比如：科研机构能否走出实验室，多做一点相关科普工作？政府部门能否更多关注、支持志愿者的工作？我们能否给迁徙候鸟留下生命通道？我们这个社会到底该如何建设宜它宜我的生态文明？

十余年来，自然君不断借助、聚合政府、企业、媒体、科研机构和民间团体力量，先后在国内外竖起一座座标记候鸟迁徙起止、中转的“鸟碑”，标绘一条条纵贯南北的迁徙“鸟道”，维护一个个候鸟栖息、觅食、补给的“鸟港”，救助一只只被猎、受伤、落难的“鸟辈”，初步建起了辐射全国乃至全世界的爱鸟护鸟网络。

2015、2016、2018 和 2020 年，自然君还连续发起了 4 场声势浩大的“全球候鸟跟踪守护行动”，参与者不但遍及全国东西南北中 15 个省份，还扩展到了俄罗斯、蒙古、日本、澳大利亚、英国、加拿大等众多国家。这是一项多有意义、多有影响的公益活动呀！

由此我才真正明白了：为何自然君的笔名叫“大雁去迁徙”，为何这本书叫《跟着大雁去迁徙》！

读到这样动人心魄的故事，不及掩卷回想，我的心目当中，自然君的伟岸形象一步步生动、鲜活、立体化起来。

展卷发现，除了鸟友和摄友，自然君起码还有两个身份，且一庄一谐。

庄的是“诗人”。自然君的散文功夫我是见识过的，我只是没想到，他的古体诗词也写得好。《跟着大雁去迁徙》录有他不少长词短句，足可让人一窥风采，大饱眼福。

比如开篇是他 2021 年 2 月 27 日送雁北归时作的两首《金缕曲》，第二首上阕如下：

我亦随君久！十年来，心思用尽，并累师友。鸟道从来非净土，不只是山河瘦，滩涂变，玉宇琼楼，野鹤迷航车行急，又残红弃艳随水流，千万恨，为君剖。

尾声则是他 2014 年迎候苍鹭从俄罗斯回归洞庭湖时写的一首五言：

千山在翼下，万里一春秋。文明有国界，迁徙无疆图。

古人云：“诗言志。”透过这些饱蘸浓情、大义和哲思的诗句，联系到自然君倾尽心血的爱鸟护鸟之举，一个至情至性、爱切恨切的诗人形象活脱脱跃然纸上。

谐的是“鸟人”。这个略带戏谑的昵称，专指自然君他们这群为了爱鸟护鸟，不惜劳神费力甚至倾家荡产的人。

我相信，这个称呼绝无贬义，反倒是满怀敬意。他们也确实是一群可敬、可亲、可爱的“鸟人”！而自然君作为“跟着大雁去迁徙”活动的创始人和力行者，更是这个社会不可缺少的真英雄！

就其壮举意义之重大、时间之长久、范围之广阔、影响之深远来看，我觉得，还应在“自然君”这位真英雄的名字之前，再浓墨重彩地加上一个字：

大！

2023 年 2 月 10 日

红尘轻影

屈原故里行

国庆期间，淫雨霏霏。假期回恩施老家观武陵的计划彻底“泡了汤”，于是想，不如干脆前往长江水边，看看名人故里去。

老家三峡那旮旯，虽然既穷且偏，史上却不乏名人。比如宋初宰相寇準，二十不到就高中进士，首站便在巫峡口的巴东干了三年县令，劝农稼穑，政绩卓著，据说野三关的劝农亭就是纪念他的。寇公子还是一个文学爱好者，在峡江高产了几百首诗，“野水无人渡，孤舟尽日横”便是当年的句子，吟诗的秋风亭至今也还兀立在江边。只是后来官大了，诗却少了。故有人说，寇準是被宰相耽误了的诗人。

没被耽误的，是晚寇準几十年的欧阳修。1036 年，因替范仲淹的新政说了几句公道话，三十不到的欧阳修从京官被贬为夷陵令，任期虽不到一年，却勤于政务，颇有政声。他不但深入大小山川，创作了《夷陵九咏》，还两次为百姓祈雨，写下《祭桓侯文》等文，并感于知州朱再治为上下船工造亭避险，乃“恺悌君子”，欣然作《峡州至喜亭记》。综其一生，从政则佳话连篇，官拜副相，为文则佳作迭出，是响当当的文坛领袖和“千古文章四大家”之一，值得尊崇。

如果说寇、欧是来峡江为官的外地人，比他们早了千余年的昭君，却是土生土长的香溪人。昭君天生丽质却性情高傲，坚决不肯贿赂画工美颜自己以求汉元帝宠幸，最后无奈出使匈奴，和亲终老，只留下座座青冢和无尽传说。据说昭君出塞时，眼见黄沙滚滚，心绪难平，信手弹了一曲《琵琶怨》，惊得南飞的大雁也忘了摆动翅膀，纷纷跌落于平沙之上。其颜值与才情，简直让人无法想象。

当然，峡江名声最大的名人，自然非秭归的屈原莫属。屈原从小忧国忧民，才学又好，年纪轻轻就做了楚国令尹。谁知就因直言进谏，便屡遭排挤流放，最后竟绝望自沉，只给今人留下了端午、粽子和龙舟等念想。屈原更是文学天才，开了华夏浪漫主义的文学源头，被誉为“中华诗祖”，还被评为世界四大文化名人之一，与哥白尼、拉伯雷和莎士比亚齐名，铁粉遍及世界。

老家先贤众多，自是我等骄傲；实地观瞻遗迹，追思长存风范，体悟精神人格，更应是我等本分。因已到过寇公吟诗的秋风亭，登过欧公作记的至喜亭，也浣过昭君家的香溪水，便决定此次拜望屈原故里去。

我大略最早是从中学课本上听说有屈原这么一位伟大的老乡，后来文学课上阅读背诵他的《离骚》《橘颂》《哀郢》《天问》等名篇佳作，更是心有戚戚焉。好几次坐船从秭归县城旁经过，我都忍不住引颈眺望，希望找到岸上的屈原故里，甚至下船到屈原祠去看看，却终究没有机会。没想到黄金周期间的连天阴雨，似有意无意促成了此行。

天空时风时雨，公路时堵时疏，一早驱车从家里出发，抵达秭归县城，已是下午三时半。景区门口停满车辆，有人示意我们掉头去附近小区，好不容易才觅到一处空位。看来，黄金周自驾而来的游客还真不少。

景区入口是个广场。跨过一道低矮的围栏，对面是座小小山梁，其郁郁葱葱的绿植，如圆帽般罩着两级长弧形的深褐石壁，中有涌泉哗哗，天然形成一般。高处石壁横刻“屈原故里”四个红色大字，一看就是郭沫若先生手迹。

查绿码、测体温、验身份过后，终于进入景区，右侧有人正排队等景区观光车。想到天下雨，时间紧，看看示意图，景区也似乎挺大，于是毫不犹豫买票坐了上去。刚坐上，见女儿和侄子心仪的博物馆从身旁一晃而过，没两分钟，第一站便到了。下车一看，左为屈原祠，右为三峡水库及大坝，我们已然身在核心景区！

我知道屈原祠在秭归县城，也知道三峡大坝在夷陵三斗坪，却没想到它们原来是面对面，中间只隔着一湖静静的长江水，相距不过六百米之遥，简直给了孤陋寡闻的我一份意外惊喜。放眼东望，但见湖水微荡，大坝卧波，坝顶若干红色起重设备若门若亭，清晰可辨，不远处的高山之巅，白云缥缈，如雾如雪，细雨中似乎传来阵阵仙气。

我不禁暗暗赞叹：好一个绝妙的地理设计，好一处绝美的人文景观！面对如此雄阔壮美的胜景，料想魂归故里的屈子也该高兴万分吧！

我们不禁转过身去，快步迈向屈原祠。

屈原是世界级名人，纪念性建筑散布全国。比如在屈原活动轨迹较多的湖南，就有汨罗屈子祠、溆浦怀屈楼、桃江五贤祠、长沙贾屈祠等好几十处地方。

在屈原的家乡秭归，最早的祠堂叫“三闾大夫祠”，位于归州城东五里“屈沱”，乃是唐元和十五年（公元 820 年），由大诗人李商隐的老丈人、归州刺史王茂元有感于屈原“诞灵是所”“庙貌无睹”而建。他还作了《楚三闾大夫屈先生祠堂铭并序》，颂扬屈原“义特百夫，文雄千古，其忠可以激俗，其清可以厉贪”。到北宋，神宗赵顼对屈原更是推崇备至，元丰三年（公元 1080 年）封其为“清烈公”，祠堂因之更名为“清烈公祠”。

1976 年 7 月，因兴建葛洲坝水利工程，屈原祠被迁于归州城东三里向家坪，并按原貌重建，1982 年 9 月完工后复名“屈原祠”。如今的屈原祠，则是三峡工程引发的第二次迁建之果。老城归州要沉入江底，屈原祠便迁来新城茅坪，建在紧邻三峡水库的凤凰山上。令人高兴的是，新祠是老祠的三倍大小，规模居全国第一，地位也为最高。

刚走近屈原祠堂，我就被它大胆独特的山门造型和黑白红相间的主色运用震惊住了。

新建的屈原祠依山就势，从低到高，次第展开山门、两厢配房、碑廊、前殿、乐舞楼、正殿、享堂等建筑。它的山门是一座高达 17 米、结构为三层两重檐歇山屋顶式的牌楼，其黑色屋檐下面，是六根醒目的土红色大石柱，柱间则是大块的白墙，红白黑三色搭在一起，加上“屈原祠”“光争日月”“孤忠”“流芳”等匾额的敷金敷银，显得色彩特别绮丽隆重，对比特别鲜明强烈，饱含着浓浓的楚地巫风。

抢眼的还有它的封火山墙，更是一种见所未见的别致造型。它两边小圆拱着中间大圆，加上头顶黑瓦勾的边，沿凤凰山的缓坡看上去，两头山墙就似一朵朵轻云，灵动欲飞，分外醒目，简直美妙极了。

听说山门是从老祠堂那里原样搬来重建的，也不知这封火山墙是古代还是当代设计师的创意，反正值得点赞！

进得祠堂，或驻足，或漫步，俯观碑廊，仰瞻塑像，概览生平，细听讲解，一路下来，心底便多是对屈原的喟叹了。

战国时代，群雄逐鹿，华夏处于大一统前夜，正临百年未有之大变局。屈原身为王室贵族，明于治乱，娴于辞令，亦可谓生逢其时，本可尽情发挥才干，帮楚国一统江山。可惜他所遇非人，以致壮志难酬，还屡被流放，唯有以死明志。

屈原的不幸，实源于楚怀王父子的愚鲁蠢笨、昏聩无能。

楚怀王之时，本是楚国疆域最广大、国力最鼎盛时期，“横则秦帝，纵则楚王”是基本态势。楚怀王如坚决联合山东诸国与秦对垒，庶几可一争“老大”，并一统华夏；若无大志，便继续维持与秦的传统盟约苟且图存，也未尝不可。

偏那楚怀王既无雄才大略，又兼狐疑多变，今日见秦空许“六百里地”等小利，便立马与齐等绝交；明日见受了秦国欺骗，又赶紧派屈原使齐，谋与诸国复交抗秦；到了后日又心生悔意，重新倒向秦国，还不惜把太子送去当人质以示诚，贬斥和流放主张联齐抗秦的屈原以求欢。如此颠三倒四，怎不信义全无、内外交困呢？更无语的是，楚怀王不但接二连三上秦国和张仪的傻当，还听从幼儿子兰的怂恿，上赶着把自己送入虎口，最后囚死秦国，徒为天下耻笑。

没想到继位的楚顷襄王更不靠谱。顷襄王何许人也？就是当年那位曾到秦国作为人质的太子横。被质于秦，也可谓肩负重任，可他竟因一件私事，与秦国一大夫发生争斗并杀死对方，又惧怕秦王怪罪，私逃回楚。秦王为此大怒，更加频繁地进攻楚国，秦楚关系再趋恶化。如此不着调的太子，又怎能给楚国带来希望呢？他继位后不但不思奋起复兴，还乐呵呵做了秦国的快婿，并加倍重用令尹子兰、上官大夫靳尚和宠妃郑袖等亲秦纳贿、谗言诽谤的奸佞小人。日削月朘的楚国，便只剩灭亡一途了。

故屈原处其世，当其时，共事的又是德行如此低下的猪司令和猪队友，纵有一片丹心万千本领，也定然有志难伸，有才难展，除了一贬再贬被流放，便没了第二选择。幸好他还有一支笔，可以把种种痛苦和愤懑，统统化为《离骚》《哀郢》《天问》等不朽诗篇，为后人留下宝贵财富。公元前 278 年，郢都终被秦将白起攻陷，已被流放 16 年的屈原不禁万念俱灰，毅然投汨罗江自尽，结束了悲壮的一生。

这时忽听旁边有人不胜唏嘘：屈原大可不必跳江，完全可以“楚材晋用”嘛！张仪时秦时魏，不是活得好好的吗？

这其实是难为屈原了，他哪有此等自由呢！屈原是王室贵胄，与楚王同宗同族，于他而言，楚国是集家国于一体的。若从楚国出走，见用于他国，这与叛国何异？故平民一枚的张仪可爱天下国，出身王室的屈原却只能孤独爱楚。

更何况，“哀莫大于心死”，纵天下都能容我用我，又哪能医好至爱家国带来的深深伤害呢？是故一死了之而不是一走了之，或许是他的最好选择。

这大约就是“爱的代价”吧，我想。

祠堂出来，已过五时。想起公园六点清场，导游图上还剩几处景点未去，决定匆匆前往一观。

门外景区主道上并无观光车踪影，于是沿马路边走边等。好在没走多远，就在一处大小砾石为凳的林中戏台边拦住了景区观光车，并电催慢行在后的女儿和侄子赶快拦车跟上。

眨眼之间，我们便到了观光车终点，也是景区的尽头。

但见左侧山边，有一座四柱两重檐的中等牌坊，同样上书郭先生“屈原故里”四字。牌坊后侧，是两座并立的石碑，一刻“楚大夫屈原故里”，一刻“汉昭君王嫱故里”，均成于光绪年间，估计是从老祠堂搬来的，碑面和字迹也有点磨损，算来已有百多年历史，让人顿生肃穆庄严之感。

倒是在牌坊之前，有数名戴绿色口罩、着彩色雨衣的游客，正兴致勃勃地齐抬右脚，摆着 pose 照相，又给屈原故里带来了几分喜庆和热闹的气息！

两种情绪交织一处，便觉时光瞬间流转了千年不止。

这时回头一看，发现悠然而来的女儿和侄子，竟然也已步行抵达终点，就比我们晚了几分钟。

我这才发现，地图上看起来很长的景区道路其实并不长，几百步就是一站。再一想，这十元一位的观光车，收费着实高了一点。看来屈原故里也被开发得颇有深度了，不知屈原在天之灵，会否因此长叹一声呢?

但无论如何，我们都已来过，算是了却了一桩心愿，虽然步履匆匆，小有遗憾。

2020 年 11 月 24 日

三峡人家

一

拜望屈原故里的次日，我们去了夷陵的“三峡人家”。

以前在高速路边，也曾见过它的广告牌，但以为不过是在三峡某处建了几栋半土不洋、类似农家乐的房子，没甚在意。此次还需在宜盘桓一日，觉得去实地看看淹没的西陵峡，也是个不错的主意，起码比坐在船上匆匆一观要好。

谁知网上一做功课，才发现以前有点先入为主：“三峡人家”不但是5A级景区，还是湖北十佳景区之一。我不觉起了一探究竟的兴致：三峡景观自然无可替代，普通农家却随处可见，何以“三峡”叠加“人家”，就成了“5A”呢？

于是抓紧预约免费门票，购买过江船票。

二

“三峡人家”藏在三峡大坝与葛洲坝之间的峡谷深处，故没被三峡水库淹没。从峡口的南津关出发，逆水直上 10 多公里，江流突然向北急转 110 度的“长江三峡第一湾”处，便是景区的所在。但游人们通常是坐车从山路进入，若坐船，便成江上过客了。

从宜昌市区出来，沿三峡高速一路西进，在一个叫陡山沱渡口的地方上 334 省道折返，先东后南，才算踏上景区之路。随公路逐渐上抬，半山腰终于出现了“景区入口”的牌子，却有人把着不让进，要求我们继续上行，也不知何故。但见山越来越高，路越来越陡，弯也越来越急，不得不小心驱车。

又爬升了无数弯道后，右侧山崖边一块“西陵峡观景台”的牌子跃入眼帘，于是急急下车。西陵峡的风采，我自是见过数次的，但想到从高处俯瞰它的容颜，与坐在船上匆匆一瞥，那视觉与感觉肯定不可同日而语，心底依然有几分激动。

探头往谷底看去，果见一道墨绿轻痕、平滑似锦的江水直直奔来眼底，朝远望去却又不见了芳踪。江流两岸全是连绵不断的悬崖峭壁，云遮雾障，气象森然。而在低处绿树丛中，一簇簇民居被丝线般的公路串了起来，白墙覆着黑瓦，赏心悦目。

这，便是吞吐长江、峻丽幽深的西陵峡了，而远处江流潜踪之处，便是大名鼎鼎的“三峡第一湾”，也是“三峡人家”的下游起点。岳母和几个孩子第一次看到长江三峡，欣喜异常，赞叹不已，抢着与它们合影，手机“咔嚓”个不停。

路边挂着“农家乐”“民宿”等招牌的民居也渐渐多了。若晚间在此处找一居高临江的屋子憩下，夜枕长江，卧听涛声，应不失为一件美事吧。

正这样漫想着，“吱呀”一声，妻将车停在了“王家坪游客服务中心”的大招牌前面。我这才明白，因为山下峡谷中没有平地，“游客中心”只好建在了宽敞点的山上。故游客须得先爬上山顶，在此换票换车，再折回半途的景区入口。

这应该也算“三峡人家”的特色之一吧。

三

移步游客中心，一村姑举着张过了塑的“农家乐通行证”牌子迎过来，告知说，凭她家通行证，可将私家车开进景区，不用换乘景区大巴。

我们警惕地问：还有别的费用吗？

答曰：没有。

景区工作人员递上一纸告知书，其上明文载着：若选择到“农家乐”吃住，车辆由其负责在停车场停放；如果不满意，也可返回“游客中心”换乘，无须支付任何费用。

想到有老人小孩同行，自驾肯定更方便，更觉得景区的“背书”，定是疫情背景下当地扶持“农家乐”发展的一种有力手段，于是欣然同意，并暗赞了一声“好”。

原路折返，半途拐入景区的仙湖公路，继续向下，五六公里后终于到了江边。联系上“农家乐”来人，她要我们停进旁边一停车场。入口处，一位三十左右的帅哥操着满口土话，正大声指挥车辆：“往里卒，往里卒！”

前车司机估计听得一头雾水，显得有点不知所措。妻也蒙了，扭头望向我。我自然是听得懂的，笑着告诉妻，意思是一直往里开。

这时候，旁边一人似带着几分责怪意，对帅哥说：你为什么不讲普通话，让人听得懂呢？

那帅哥却得意扬扬地说，我就是要讲方言，管他懂不懂！

见帅哥如此理直气壮，我有点替这位年轻的老乡羞愧不值了。

好不容易停好车，一直等着的“农家乐”来人把我们引到店子前台，要我们交回通行证，并交两百元押金。我们不禁满腹诧异，说等下在你这吃住就是，为何要交押金？

店家说，你们占了车位，如果不回来，我们不亏了？

这才发现，我们已在不知不觉之中，被“三峡”里的这户“人家”用一张通行证给“强绑”上了。

想到犯不着为此坏了心境，看看菜价和房价，也还不算离谱，大不了返回时吃顿饭，甚至住下来也行，于是赶快交押金走人，只是觉得好像口中突然飞进了一只蚊子般，有点想吐。

幸好“三峡人家”之旅可以正式开始了。

四

“三峡人家”的景点其实都在江的对岸。我们下车处是“大拐弯”东侧北岸的胡金滩码头，从此登船，右转，逆水约 3 公里，到西岸的当阳头码头上岸，便是景区起点，然后一路下行，在索道码头再登船返回，即是其全部行程。

我们登船时天正下雨，有点寒意逼人，满船游人却兴致颇高，三层甲板和舷边更是挤满人头，全在观景照相。游船在快速前进，遥望对岸山脚，只见连片成堆的屋宇不断从眼前掠过，还有一艘大趸船泊在对岸江畔，一面巨幅国旗从船顶平平展展地挂下来，浓浓渲染着国庆节的气氛。导游说，那是明月阁码头。

后来才知道，那些地方，都是我们即将踏足的所在。

游船继续前行，一座红白相间的导航塔出现在前方左岸，看上去

非常醒目。其对侧的江边，是一字排开的五只小木船，比船还大的白帆已高高扬起，似乎正整装待发。莫非这便是水上渔民，正待扬帆远航，万里江波中讨生活去？真希望他们鱼儿满舱，平安归来！

导游说，“三峡人家”分为“水上人家”、“溪边人家”和“山上人家”三种。眼前所见，其实是“水上人家”的写意版，其活动版的剪影，则藏在一条名叫“龙进”的溪里。登岸，左转，经过一段高低屋宇构成的长廊，便到了龙进溪口。

沿溪左侧的步道进去，但见一道低坝蓄住的溪水，碧绿澄澈，如镜如玉，在茂林修竹的掩映之下，恍如瑶池仙境一般。那水面摇曳的几叶轻舟，那溪口袅起的缕缕轻烟，那正在撒网的箬笠渔郎，那玉立船头的对歌渔姑，将这水上渔家鲜活成了一首动人的诗篇。

五

在淅沥秋雨中，伴着渔郎渔姑的欢声笑语继续上行，逐步进入了“溪边人家”的世界。溪对岸，几座巨大的水车在慢慢转动，眼前浅水中，有群小鸭正快乐游弋。不远处，两位戴斗笠披雨衣的少女正在浣衣，身后丛林中隐约露出数角飞檐，想来是她们的家吧。还有一对小情侣俏立于一座拱桥上，桥上长满了藤蔓青苔。那俊俏少年戴着斗笠，悠悠吹着长箫，身旁撑红伞的黄衣少女听得如醉如痴。可惜隔太远，雨也大，听不清那美少年吹的什么曲子，也不知吹动了少女什么心事没有，但此恬然自得的生活图景，却已悄悄印在了心中。

这时候雨越下越急，手中小伞快遮不住了，正好看见前面有座小桥，我们决定不再上行观瀑，而是转到溪对岸去。过桥回望，才发现桥唤“鹊桥”。原来我们已进入“婚嫁楼”了。

婚嫁楼里彩灯闪烁，四周梁柱绣球高悬，大约因为时点不对，此时并无“哭嫁”“出嫁”“抢亲”等独特的土家婚俗表演，大家多少有点失望，我却为眼前这一栋栋保存完好的民居暗感幸运。这些木板民居规模都不大，样式也普通，却沉郁古朴，一看就有百年以上历史，不少柱脚都有朽坏痕迹。它们沉默于风雨中，一如饱经沧桑的世纪老人。

在我看来，这些货真价实的民居，才是景区最宝贵的物质和精神财富。也不知景区何处觅得，并迁到此处重建且保护起来。与很多地方愚蠢地毁真造假相比，“三峡人家”算是干了一件好事。有此理念打底，“人家”二字也算落在了实处，其 5A 的成色便足了许多。

沿着民居间的过道续行没几步，发现有处屋檐下躲雨的两位姑娘有点眼熟。再一细看，不就是刚在溪边浣衣的女孩吗？于是上前攀谈了几句，并为她们照了张相。两位姑娘都是当地人，被景区聘来为游客表演，因在家门口工作，工资不高却还喜欢。刚才雨大，才从溪边跑到檐下避雨。

我想，她们的福气够好，选择也是对的。如果在家门口就可丰衣足食，谁愿背井离乡呢？关键是当地要为她们创造就业岗位，而不是催生一批又一批甚至一代又一代留守儿童！

这样边想边走，一抬头，发现已回到龙进溪口，“水上人家”和“溪边人家”就算游完了。这时雨也小了一点，我们决定继续前行，到下一站“山上人家”去。

六

“山上人家”，顾名思义，自然是在山上。从导游图上看，要上山，可走到明月阁再步行上山，也可继续前行到灯影阁，乘扶手电梯。因为有老人同行，我们决定去坐电梯。

从龙进溪到灯影阁，有条两三里长的沿江马路，依山一侧，多为密密麻麻的店铺。似乎为了与“三峡人家”景点相区别，有人给它取名“今日人家”。其实，这才是现实版的“溪边人家”，是当地人正在拼尽全力讨生活，而不像龙进溪里的那些“人家”，是在给游客们表演。

只是这些店铺里的大小商品，基本上是大路货，除了几个花背篓，并没多少土家特色。好在还有一位大姐在卖“姜拐子”，大名叫“拐枣”，一时发馋，便买了一束。谁知又酸又涩，赶快退货退款。不过也有不怕酸涩的，我刚退回的那串，马上就被人买走了。大姐见我没给她“砸破”（方言，意指坏人好事），悄悄告诉我，吃“姜拐子”的时节确实还早呢。

沿途店铺卖的土家小吃，似乎多为炕洋芋，但多是煮熟了，再炕一下，自然焦黄不均。别人可以吃得津津有味，我是本土“行家”，自然看不上眼。突然发现一家卖油炸粑的，好像还较正宗，许久未见，便买了几个分而食之。岳母妻女说，味道不错，就是小贵，烧饼大小，竟要五元。我说，好吃就值。

这油炸粑其实是它的学名，当地人叫“油香”，更诗意的，叫“油仙儿”，本是四处常见的小食品。只因鄂西洋芋多，品质好，传统面浆中铺上一层富硒的洋芋丝丝，再丢进油锅炸熟，香酥脆俱全，成了雅俗共赏的美味佳肴。

途中意外收获的景观，是被称为“天下第四泉”的“蛤蟆泉”，唐代“茶圣”陆羽封的。据说此处叫扇子山，原有大石赫然挺立，好似一只张口吐舌、睁眼鼓腮的蛤蟆，其背后有泉，四季长流不息，故名“蛤蟆泉”，其水清且甘，是烹茶、酿酒的上好水源。没想到茶圣为了品评天下好水，曾深入如此偏僻之地。可若非如此，“蛤蟆泉”何以名扬天下呢？

有点可惜的是，那泉已被今人建宅护了起来，还有铁将军把着门，是故难闻泉声，也未见泉流。只有“天下第四泉”的匾额，在高处默默俯视着往来众生。

就这样走走停停，品品尝尝，终于到了灯影阁。我们决意不多耽搁，直接坐扶梯上山。其实心中也在想云巅之上的“山上人家”，该是个什么样子呢？

七

上行扶梯只能到达半山腰。其尽头，是座石头城堡。进城门，有一块天然巨石迎面而立，逼得你只能仰视，惊叹，膜拜不已。这，便是天下闻名的“石牌”了。

“石牌”之名，缘于它的独特长相。据《东湖县志》(东湖即今宜昌)载：“江南有巨石，横六七十丈，立万仞之势，如牌筏，故名石令牌。”它高 32 米，顶部宽 12 米，底部宽 13 米，厚约 4 米，重达 4300 余吨，整体近乎一标准的长方体。

大概地因石名，后来这一带便也叫作“石牌”了。据云五代后周时期，峡州州治设在这里。宋初修“至喜亭”并请欧阳修作记的州守朱再治，说不定也在此办过公呢！抗战时期，这里更是打响了震惊中外的“石牌保卫战”，战场便在两里外的“大拐弯”处，站在“石牌”前清晰可见。

是故这尊有历史有故事的“石牌”，不但是三峡镇峡之宝，更被誉为“中华第一神牌”，每天前来游览、朝圣和许愿的人，络绎不绝。静立其前，的确让人常起怀古之思。

石牌所处位置，是几处自然景观与人文景观的交会处。其背后的陡峭山路，通向山顶的灯影石，也是下山缆车的起点。从石牌往右，走几步过去，便是巴王寨，即“山上人家”的主体。我们决定先去巴王寨，再登顶观石。

踏进巴王寨门，有两名少女正在楼上对歌，那火辣辣的情歌飘进耳来，似乎吹走了不少秋雨的寒意。狭窄古朴的街巷里，时见三三两两的寨民，忙着打铁、织布、养蚕、酿酒、榨油等，好一派兴旺气象。

奇怪的是，巴王宫并没建于寨子中央，而是偏于西北一角。其宫门下分立两位持戈武士，体偏胖，岁偏大，颇让人怀疑青壮都去了前线。进得大门，在通向宫殿的台阶两侧，各有一尊夸张变形的高大人像，最奇的是他们的耳朵，一左长右短，一左短右长。我问此乃何故，有人答曰：左耳进，右耳出。大家哈哈一笑，似乎悟到了某种人生真谛。

此处名为巴王宫，却仅有三层，殿也不大，远不及汉家宫阙威仪。进得殿来，但见殿堂之上、高案之后，有三人并排端坐，中间白发飘飘的老者自然是巴王，右侧中年女士料想是王后，左侧红衣少女应该是公主了。开始还以为这是三尊泥塑呢，忽见那王后抬袖遮脸，端杯小抿，才知是三个活人，真是一个“美丽的误会”，也更觉这王宫着实寂寞了点。好在庭前两侧，还有数名男女侧坐相陪，像大臣又像乐师，不知是何身份，或者是兼而有之?

我知此乃“人造景点”，自不能太当真。好在这里古属巴国，巴人历史也有据可考，附会建座巴王宫，也说得过去。

八

从巴王宫返回石牌，我们开始向山顶进发。谁知起首一段，就是陡峭得近乎笔直的“百步梯”，爬起来自然颇为费力，好不容易才爬完一半，却早已气喘吁吁。

正在这时，忽闻有笛声悠悠传来，循声望去，见左侧不远处，有一小山凌空拔起，孑然独立，仿佛一段绝大的石笋镶嵌于蓝天碧水之间。更妙的是，在其山尖之上，有座精致的四角小亭，亭中两人，白袍长髯，道人一般，身体微倾，横笛轻吹。那笛音缥缥缈缈，若断若续，却又清清亮亮，直沁心田，让人顿生出世之感。

旁人说：那亭，叫揽月亭；那水，便是明月湾。

抬眼看去，果见前方不远就是驰名天下的“三峡第一湾”，因其状如半轮月亮，故又名“明月湾”，这段峡谷也因此称为“明月峡”。料想皓月当空、清辉漫洒之时，江面定是美轮美奂。只是没想到早有识者于此孤峰之巅精筑小亭，雅号揽月，真可谓得其所哉也。

我不禁脱口赞道：好个切情切景的所在！

试想于三五之夜，偕三五友人，在此邀月入座，对月抒怀，漫对江天澄碧，怎不豪气干云，诗意盎然？难怪唐朝诗仙李白、北宋文豪欧阳修、南宋巨擘陆游等等，都在此留下了精美诗篇呢！

伴着揽月亭上美妙的笛声，我们也开足马力，一鼓作气爬到了山顶，“灯影石”豁然出现在眼前。

这灯影石，其实是四块兀立山巅的奇石。据说每当夕阳西照、晚霞映衬峰顶时，远望它们便如灯影戏幕上的人物造型，且像极唐僧师徒，“灯影石”便由此得名，文人墨客多有题咏。山下之峡也因之改叫“灯影峡”，与“明月峡”齐名。

四块石头中最负盛名的，是那块头重脚轻、棱角分明、状如蘑菇的沙僧石，它那重达100余吨的“大头”，就“长”在仅200余平方厘米的“小脚”上，平均每平方厘米承重近半吨，看起来摇摇欲坠，却不知屹立山巅多少万年了，因而被誉为“万里长江第一石”，堪称世界奇观。

恕我眼拙，无论我左看右看，左想右想，都没从这石头身上，看出或想象出唐僧师徒的样子来。那块沙僧石倒似乎更像在前探路的孙行者，哪里像挑着沉沉担儿的胖大沙僧呢？

难道真要到傍晚时分，在夕阳勾勒之下，于江对岸远远观之才像？抑或是，因非英雄，所见不同？百思难得其解，雨天也无夕阳可证，只好姑且信之，由它去了。

九

穿过“灯影石”前的观景平台不远，就是下行缆车的起点，其终点，即江边的索道码头，在此可继续前行两里来路，于长江和杨家溪的交汇处，参观石牌要塞、石牌抗战遗址和石牌抗日纪念馆，也可上船过江，结束旅程。

征询一行老少意见，大家都面有难色，于是决定返程，但心底，还是很想前去要塞一看的。沉雄旖旎的西陵峡固然天下奇绝，精心打造的诗意“人家”也可一观，但曾经彪炳史册的“石牌抗战”发生地，更是不应该被遗忘被遗漏被忽略的。

遥想 70 多年前，国人正处于抗战最为惨烈的战略相持阶段，全国军民殊死抵抗着日军的铁蹄。而在疯狂的日军看来，要想中国停止绝死抵抗，就必须攻占陪都重庆；要攻占重庆，就必须打通三峡以上的长江；要打通长江，就必须占领南津关上游的石牌。

石牌要塞，这个当年不足百户的弹丸之地，就成了中国生死存亡的关键所在。

石牌抗战从 1939 年 3 月设立江防军开始，到 1943 年 6 月取得胜利为止，历时四年有余，其间发生过不下百场战斗。尤其是决战期间，十五万将士抱定必死决心，奋力抗击十万日军精锐的疯狂进攻，终打得日军丢盔卸甲，被迫掉头东逃，成为中国抗战的重大军事转折点，被誉为“东方斯大林格勒保卫战”。

如此英雄之地，自该须臾不忘。犹记小时候，父亲“讲古”时告诉我们，当年日本鬼子往西只打到南津关就失败投降了，“南津关”三字因此刻在了脑海。后来读书，知道日本投降的时间是 1945 年；如今到了“三峡人家”又才晓得，彻底止住日军脚步的地方，便是眼前这近在咫尺的石牌要塞。

可惜这次到了它身边，却还是要擦肩而过，简直是严重的“遗珠之憾”，看来只有以后想办法弥补了。

路上我忽然想到，景区设计旅游线路时，为何不把景点顺序调整一下，并把石牌要塞作为必去景点呢？比如轮船过江就停石牌码头，游完石牌要塞再一路上游，到索道码头坐缆车到“灯影石”，下行看巴王寨，顺扶梯抵江边灯影阁，再沿马路前往龙进溪，最后在当阳头登船返回，如此一来，“遗珠”问题不就解决了吗？

但愿我的想法有点道理，也有人听到。

十

“观音渡”上得岸来，虽然时间偏早，我们还是“乖乖”去了那家“农家乐”，准备吃顿晚饭再走人。本以为那饭菜能过得去，却没想到样样咸得要命。照此水准，平时肯定门可罗雀，难怪要想办法去游客中心“绑人”呢！

又一个没想到的是，将车驶出停车场时，那位“往里卒”帅哥把手一伸：停车费！

我问：这不是“农家乐”停车场吗？停车不是“农家乐”负责的吗？

帅哥说：谁说的？他是他，我是我！

看样子我们又被忽悠了，真是白费了我早先的一个“赞”。好在停车费只有七元，懒得去理论了，赶紧乖乖交钱走人。

大家说，买个教训，以后莫信！

事后发现，景区农家乐的这些“忽悠”之举，网上其实早有投诉，只怪我等功课没有做好，重复了别人的故事。

好在瑕不掩瑜。作为5A级景区，“三峡人家”整体上还是非常不错，值得一游再游。无论怎么说，她所拥有的第一湾、明月峡、龙进溪、灯影石等大自然景观，蛤蟆泉、巴王寨、揽月亭、石牌要塞等人文胜迹，都是冠绝天下的头牌，也是无可争辩的上等底色。只要她敢于自我扬弃，就一定会真正超凡脱俗，更加美不胜收。

爱之深便责之切。内心深处，我更期待与她早日重逢。

2020年12月3日

漳河游

3 月 19 日那天，提前在幺姑家开开心心吃过她的七十大寿寿宴，时间已过两点半。外甥传忠小声提醒我：是不是现在就出发？李蓉在游船码头等着呢。

这才记起此前协调行程时，电话中李蓉曾建议，下午若有时间，就去看看漳河水库，没想到她已经候着了。

李蓉是巴东小老乡，在荆门经营几家名叫“优洛奇”的珠宝店，爱读书，爱生活，是一个特别热心的人。我与她其实半点不熟，只是十几年前我对口援川时，她从朋友处听说并记住了我的名字。

在传忠的朋友圈得知《江流有声》出版，李蓉不但立马做了第一批读者，还积极推广宣传，发起并促成了《江流有声》首场读者分享会，真让我感动莫名。

我对李蓉游漳河的提议其实有点不以为然。在我看来，荆山再高，还能高过老家的武陵大山？汉水再阔，还能超过老家身边的长江？更何况，它只是一座水库呢！

但李蓉紧跟着的一句话，却又深深吸引了我：您可别小看漳河水库，她可是全国九大人工湖之一呢！

什么？人工湖？还九大之一？

我不禁肃然起敬！看来我真应该去看看才对，此前的我，太过先入为主了。

既然李蓉已经等着了，那就走呗。有几个亲戚也说要去看，于是大大小小挤进两台车，一前一后，直奔码头。

刚下车，李蓉便迎上前来。大大的眼睛，高高的个头，飘飘的长发，天气微冷，却只着了件水红色的宽松外套，恰到好处地映衬着靓丽的笑脸，浑身上下都洋溢着东道主热情爽朗的气息，让我终于把她与电话中的李蓉联系起来了。

我握住她伸出的手，发现还有点小小力量。毫无疑问，除了热情和热心，她应是一个在职场风风火火、敢打敢拼的女强人呢！

大家说说笑笑登上船去，一只漂亮的“太阳鸟”游艇缓缓起步了。有人眼尖，告诉我说，这船还是“湖南造”呢！我知道船厂在益阳，还曾去过，心头泛起一丝温暖的感觉。

船在加速，犁开的道道浪花飞速奔向船尾。水面有风，还不小，船头和四周同样波浪滚滚，一浪一浪叠来，虽不及海浪壮阔，却也颇为可观。难怪他们推荐我来看呢！

我这才发现，漳河之水果然名不虚传，窗外看去，满是绿色，如绸缎，如织锦，如碧玉，如青簪，就那样起起伏伏、重重叠叠，无拘无束、无忧无虑地铺陈在我们眼前，让人爽心悦目，赞叹不已。

一船人纷纷拿出手机，对着窗外拍个不停，几个很时尚的侄女还各种自拍，并赶快发起了抖音，舱里嘻嘻哈哈，笑声一片。不远处，有直升机不时起降，或从我们头顶飞过，给大家带来了意外惊喜，众人纷纷侧目，追寻它矫健的身影。

船上最小的游客，是三姑最小的外孙、表妹李春的孩子，只有四五岁，特别活泼可爱。为了看飞机，她一上船，就趴在驾驶舱前头，目不转睛地看着外面，一见飞机起降，便兴奋地大呼小叫：妈妈快看飞机！妈妈快看飞机！

大家都说，这是飞机的小铁粉呢！

许是见大家都喜欢这碧绿碧绿的湖水，热情的李蓉现场当起导游，向我们详细介绍起漳河来，还特别强调说：这水，可是没有任何污染的。

我说：你怎么知道没一点污染？

李蓉不无得意地问我：金龙泉啤酒您喝过吗？它用的就是这水库的水！如果有污染，怎敢用它？

传忠补充说：以前有过网箱养鱼，前几年也统统关掉了。

这啤酒，以前倒是喝过，只是没注意它产自荆门，更不知用水就取自眼前水库。如果真是，这水定然是极好的了。

在心底，我还暗暗感叹了一声。看样子，传忠、李蓉他们已经彻底融入荆门，说起它来，可以如数家珍，满是自豪了！

这时游艇正经过一个岛。传忠欠过身，问我们想不想上岸看看。我问：这是什么地方？有什么好看的？

传忠说：它叫李集岛，是湖中最大的一个岛。冬季有很多柑橘可摘，只是现在没有。

我打趣道：李集李集，不就是你们李家的集镇吗？难怪你和李蓉都从巴东搬到了荆门，原来这里有你们李家产业呢！

众人都笑了。听说岛上现在没橘子，大家便说水好看，就坐在游艇上看水吧，等下半年有了橘子，再上岸不迟。

游艇继续前行。满船的笑声就像湖面的波涛，连绵不断，四散开去……

2022 年 3 月 25 日

文庙坪观文记

五月底，我搬了一次家。为给进入高三的女儿每天省出半小时走路时间，在女儿坚持下，我痛下决心，在南门口附近租了一套房子住下来，算是安了一个新家。

几个月下来，每天来来回回，不知不觉中，我颇有点喜欢这个地方的风土人情了，有时候还要专门去走一走，逛一逛。她浓浓的市井气息，仿佛让人一下子就走进了长沙老巷子的最深处。

新家的隔壁是培粹实验中学。

说起来我与培粹中学真还有点历史渊源。20 多年前，她还是长沙市教师进修学院，我报考研究生，曾急急忙忙、莽莽撞撞、忐忑不安地找过她，希望成为她的一名定向培养生，不过没有成功；后来似乎也想故地重游一次，因为想不起来具体位置，也就作罢了。没想到斗转星移，20 多年后的今天，因为女儿的缘故，我们又做起了邻居，只是她已变成初中学校，我也快变成白发老翁了。

我对培粹中学自然不熟，做了邻居，也没进去串过门，只是有时候听到校园里传来的闹钟报时声、广播喇叭声、体操口令声，心中有种暖暖的感觉。

新家出门向南，是泉嘶井巷。泉嘶井是长沙古井之一，据说晚间常发出嘶鸣之声，世人奇之，故此得名。有人还把她集进了长沙街名趣对中：“东西红木四牌楼，楼中走马；彭左陈洪伍家井，井内泉嘶。”只是论名气，还是比伍家井、走马楼小得多。

那么泉嘶井今在何处呢？我特意问过巷子里一些土生土长的老人，大家竟然都不知道，让人颇为遗憾。

沿泉嘶井巷南行，中间要拐一个小弯，拐弯处偏北一点，有一户人家，红砖砌的房子，两扇普通的门上，分别阴刻着“书”“画”二字的繁体草书，字迹颇见几分功力，加之黄红底色相衬，显得比较醒目，成为巷中一道最独特的小景。只是屋门常闭，难见有人出入，不知主人是否真以书画为生。

到得泉嘶井巷尾，就是大名鼎鼎的学宫街和文庙坪了。

这一片不但是南门口老城区的中心地带，从古到今也是长沙文化的标志之一。它们的得名，老长沙估计都知道。古时候文庙是祭祀孔子的地方，文庙与官学结合，实行“左庙右学”之制，故老百姓习惯称官学为文庙。

长沙府学宫是长沙府所辖 12 县州最高学府，公元 1064 年就开始兴办，一直绵延至上个世纪三十年代，北宋王安石还专门写过《潭州新学》表示祝贺，其意义之大、地位之高可想而知。可惜 1938 年学宫被毁于“文夕大火”，仅存宫前一尊精心建造、气势恢宏的石坊，正面题着“道冠古今”四字，背面题着“贤关”两字，向人们讲述着过往岁月的万般风华。

石坊的四周是一个小广场，如今是老百姓自由活动、休闲娱乐的地方，也是社区开展文化活动的一个中心。天晴的时候，每天总有不少居民三五成群聚在一起，喝茶喝酒，扯谈聊天，玩扑克麻将，悠然自得，乐在其中。

夏天周末，社区还会在这里放电影，我没有来看过，料想也是非常火爆的，大家一起热闹，总比一个人待在家里要快乐有味得多。

广场的四周，以西文庙坪巷为主，呈发散状分布着几条小巷，两边密密麻麻都是店铺，似乎三百六十行都有，吃喝拉撒睡都可以在这里解决。

许是受到文庙和学宫长期熏陶的缘故，这一带的民风特别淳朴谦和，言行中还透着几分大方、豪爽和仗义。比如在这里买菜，不管多少，店主总会随手给你袋中添上一把葱，让你高高兴兴带回家；如果你手头刚好少个三毛五毛的，店主也是爽快地一挥手，零头不要了！

有一次夫人买菜，没等店主找完钱就走了，急得店主在后面一路追着大叫：“大姐！大姐！找你钱！”

在学宫街、文庙坪这一带，与普通市井生活相对应的，其实还有她那浓郁的精神文化氛围，这也许更值得说道说道。

比如在她四周的住宅、店铺门口，大都挂有统一制作的对联，底子多为黑色，字体多为绿色或白色，一眼看过去，蔚为壮观。听说它们是长沙市 10 年前为保护这一片历史文化街巷重点打造的文化作品。这些对联或俗或雅，或粗或工，其中确有一些可以让人咀嚼品味的好联，比如有家对联“日日行，不怕千万里；常常做，哪怕千万事。”联虽不甚工，其中还是饱含着激励人心的正能量。

从西头街口向石坊方向进去，右边第一家小店挂着一联：“莫言身是客，来此便如归。”估计 10 年前这里是开着一家旅店的，只是现在已经改卖蔬菜了。

继续前行几步，左边有一家的对联更加神奇：“强避桃源做太古，欲栽大木柱长天。”看过这副对联，真想不明白以前店家是干什么的，现在的店家在卖着油炸粑，对联是什么意思，她也一点都不懂。

有一家对联文雅而有哲理：“山不矜高自极天，水惟善下方成海。”联是好联，却挂在皮鞋店，也不知道能不能促进皮鞋销售。

有一家小百货店的对联似乎切合实际一点：“店内百货皆有，胸中文墨无穷。”可惜“墨无”二字被装着槟榔的架子完全挡住了，下联因此变成了“胸中文……穷”，这还不如不挂呢！

还有一家对联写的是：“人生幸福可创造，勤劳致富价值高。”对联充满了时代气息，但在门楣上方贴横批的位置，却挂着“机械修鞋”的大招牌，店门内外大桶小桶装着，准备出售的又都是食品，让人看了忍俊不禁。

除了这些有点不伦不类的情况，还有明显挂错了的对联，真不知当年或者现在是怎么回事。记得有一家门上挂着这样一副对联：“江山千古秀，天地英雄气。”且不说内容完全不搭界，就连上下联的字体和大小粗细都明显不同，却还是被挂了上去，一直挂到现在也没有取下来。

在文庙坪，也有一些店铺的名称古色古香，只是认真推敲起来，基本也是奇葩级别。比如“苟日新商店”“诚其意商店”等等，用它们做店名可真够大胆的，谁能猜得出他们是干什么的呢？反正现在是关着门的！

还有一处挨在一起的两家商店，一叫“格物”，一叫“知至”。也许真要请哲学家才能解读其中深义了，比如隔壁叫“格物”，她为什么不叫“致知”却叫“知至”？

我由此想到，如何建设“文化强省”和“文化强市”，一直是我们津津乐道的话题，但从学宫街、文庙坪的这些文化产品看，我们真的还任重道远！

2013 年 6 月 30 日

爱如潮水

潮水，潮水，自然是水了。可于我而言，她却还是一条河，一个村。

那河很小，长不足七公里，藏匿在湘西之西、毗邻贵渝的大山深处，自然名不见经传。估计除了当地人，没多少外地人听说过，更不用说去过了。

不过，那条寂寂无闻的河却颇神奇，平时静流无声，温柔如处子，每天却定时涨潮三次，到那时河水迅疾涌动奔流，宛如脱兔一般。村民啧啧称奇，便将其命名为潮水河。

其实，那潮并非风起之澜，而是大量地下水突然从河底四处喷薄而出，卷起一阵阵、一层层、一片片、一波波大大小小的雪白浪花，恰如涨潮一般，蔚然而成一日三见的奇观，应了“造化钟神秀”那句古诗。

潮水河发源于东边，向西淌过因河得名的潮水村，还没来得及舒展身姿，便匆匆扑入了身边的清水江（当地又称花垣河），然后一路向北，奔向下游的茶峒——也就是沈从文的边城，翠翠和天宝、傩送兄弟的老家，幻化成了无数人梦中的诗意。

清水江风景旖旎，是浩浩荡荡的沅水上游，还是沿岸十几万百姓的母亲河，自然声名远播，但我心心念念的，却还是那条小小的潮水河，那个小小的潮水村。

夸张点说，我可能是为数不多较早到过潮水村、见过潮水河的外地人之一，虽然仅有一面之缘。

我们的缘分，来自 1998 年底的一次专访。

那时候，全国扶贫方兴未艾，湘西是湖南主战场，财政更是扶贫生力军。因刚进财政大门不久，又负责起草全省财政扶贫工作会议讲话稿，我决定对散布于大湘西的财政扶贫点来一圈走访，摸摸情况，找找灵感，碰碰火花，理理思路。

花垣的下潮水，便是其中之一。有当年文字为证：

工作队员进村后的第一件事，往往就是苦口婆心地向每一个群众宣讲“只能苦干不能苦熬”的道理。越来越多的农民已经认识到，要想脱贫致富，等靠要是行不通了，关键还得自力更生，抓住机遇自己干。

在花垣县下潮水村，曾经有这样一个故事：县财政局扶贫工作队进村不久，想法为村里争取了10吨水泥来维修村里的水渠。当工作队请村里派人来卸车时，竟有好几个人不约而同地问："卸一袋多少钱？"而今的下潮水村，情况却悄悄发生了变化，"老县长"的故事或许可以作为这种变化的缩影。

"老县长"名叫姚金龙，因为老找县长要救济，所以被群众戏称为"老县长"。财政局局长把他当作自己的联系户，经常与他拉家常，讲吃苦耐劳的道理，鼓励他搞好生产，帮他制定了三年脱贫规划，还资助他买了一头牛。一颗近似麻木的心重新活跃起来。他一改过去的马马虎虎、不求上进，不仅早出晚归、精耕细作，还在工作队帮助下，学起了科学种田。1998年他家的油菜、水稻都获得了前所未有的好收成，人均口粮由原来的150公斤上升到300公斤，银行里也破天荒有了存款。

我们特地采访了他，他不愿过多地谈起过去，却说了一句颇让我们多少有点意外的话。他说："我再也不当'老县长'了，要当就当耳目一新的'新县长'！"

…………

记得那天走访完毕，我们从村口码头登上一艘木质帆船，顺着清澈见底的清水江，优哉游哉，漂往十公里外的茶峒。那巍峨的青山，湍急的浪花，穿行的船只，起落的渔网，像一首优美的田园牧歌，深深地印在脑海。

那次走访过后，我顺利起草了颇受好评的讲话稿，捎带完成了长篇通讯《为了这片热土》，后发表于国务院扶贫办《中国贫困地区》杂志，算是一举两得，露了把小脸。

只是因为冬季水小，大约时点也不对，我们那天只看到了静如处子的潮水河，有点小遗憾。

于是想寻机再去一趟，一饱它涨潮的风采。谁知却一直没能再续前缘，只在心底时常记起。

2020 年初，湖南的贫困县全部出列，其中自然包括花垣，我情不自禁地想到：当年的“老县长”后来的“新县长”姚金龙可好？当年先行一步的潮水村今又如何？

心底再次泛起了重访潮水村的强烈冲动。

不久前，在长达几十天的连绵阴雨中，我成功逮住了一枚小小的太阳，赶快邀上几位早就盼着的远近朋友，匆匆来了次重回之旅，不然真担心这夙愿也要长霉了。

下午四点多，在民乐镇集齐人马，邀上家住上潮水的小杨带路，我等便朝着十公里外的目的地进发了。小杨是 1994 年生人，热情，质朴，实在，妥妥的小帅哥一枚。

进村之路依然曲曲拐拐，不过已全部硬化，路面也宽了许多，不难错车了。还有不少支路藤蔓般伸向左右村寨，小杨一一提示说：这条通坝务村，那条通毛号村……

突然忆起了当年的遗憾和梦想，我热切地打听道：潮水河还是一天三潮吗？今天去会不会看得到？

小杨说：自从开锰矿以后，这潮就没有了。我还是小时候见过的呢！

如此说来，今天不是又没戏了？大家都不觉遗憾起来。

约半小时后，我们到了潮水村，村部就位于潮水河边。小杨说，2007 年时，上潮水和下潮水合成了新的潮水村。

村部是一幢外墙浅黄、模样周正的两层平房，一楼左右廊柱分别挂着村支两委的招牌，二楼阳台外墙则镶着“潮水村村民服务中心”九个白底红字，非常醒目。放眼四周，远近高低，参差错落着一幢幢漂亮民居。

看来潮水村真的变富、变美了，已不复当年的模样。

我们抵达时，一位个头不高、身材壮实的光头男人正往墙上挂宣传标语，红底白字的“不忘初心　牢记使命　永远奋斗”。小杨告诉我，挂标语的那位就是村支部书记兼主任。我于是快步迎上去，一边自我介绍，一边笑着提醒他说：今年是党史学习年，“七一”也快到了，你现在应该挂学习党史的内容了呀！

书记憨憨地笑着说：快了，快了，正准备呢！

想到时间已不早，我直截了当地告诉他：二十三年前我到过下潮水，采访过姚金龙，这次是专门来看看他的。

书记说：你说的“老县长”吧？他去世六七年了。

没想到又是一个令人遗憾的消息。我不甘心，追问了一句：那他老伴和儿女们呢？

书记抬手向村部右边一指：那就是他大儿子的房子，不过家里没人，都到贵州打工去了。他小儿子在镇上买了房子做生意，把失明的母亲也接去了。

顺着书记手指的方向，果见潮水河对岸桥头有幢高大的三层洋楼，蓝顶赭墙，铁门大窗，颇有几分土豪气，好奇地问道：他们兄弟俩是如何发家的？

书记说：前些年有个亲戚带着他们开矿，赚了些钱。

原来如此！我不觉暗叹了口气。

这时候，半主半客的小杨不知从哪儿为我们端来了几杯热茶。一口下去，清香怡人，感觉周身通泰了许多。

见已无法回访“老县长”，我决定转向书记了解村里的党建和集体经济情况。这是我更为关注的重点问题。

在我看来，一个村如果没有好龙头，又没好队伍，再加两手空空，怎能驾起脱贫致富这驾马车并行稳致远呢？

书记倒也爽快，弄清我的来意，侃侃而谈起来。我这才知道他小我三岁，会计、主任、书记岗位都干过；现在干的是第三届，一肩挑；村里有四万运转经费，只是环卫就用了一万八；个人工资五万多，生活没问题……

我笑着打断他说：你总不能这样老干下去，要抓紧培养接班人呀！

书记说：我也为此发愁呢！村里只有一千多人，三十七个党员，四十岁以下的是少数，有几个也想培养一下，可都在外打工挣钱，对回村任职的积极性不高。

我出主意说：你得正儿八经地让他们重温一下入党誓词，找回入党初心。党员不讲点纪律和奉献还成?!

书记点头说：也是，也是。

见此我便换了一个话题：集体经济怎么样？老是穷光蛋一个，老百姓可不会理你！

书记苦笑着说：现在还没什么集体收入。前几年上级拨款八十万，村里拿出五十万入股一家肉鸽公司，每年有五万固定分红。其余三十万发展了几十亩蚕桑和油茶基地，争取以后每年能带来一二十万收入。

我认为五万元的分红偏低，蚕桑和油茶产业也有点悬，但还是觉得应为书记打气：真有二十万在手，可以为老百姓解决点问题，你说话就有底气多了。

书记也紧握了一下拳头：希望如此！

我们边走边聊，不知不觉到了村口我当年登船的码头。水很清，码头也大，怪的是没见一艘船，也没见一个人。我知道对岸是贵州松桃县的木树镇，村子也叫潮水，以前两岸是有渡船来往的，可现在也是静悄悄的。

我禁不住问道：怎么没见一艘船？都到哪去了？

书记沉吟了一下，说：现在不是禁渔吗？船都收起来了，码头也关掉了。

石大哥等几个跟来的村民插嘴说：这水已被严重污染哒，河里没鱼，有鱼也不敢捕不敢吃，要船干什么！

我将信将疑，扭头看向小杨说：不对吧？河水这么清，没见污染痕迹呀！

小杨解释说：现在涨水，看不到了。以前这水都是黑绿色，冬季水枯时，露出的石头也是黑黢黢的，河中鱼虾水草几近死绝。专家说要有两百年以上，清水江才能恢复到以前的水质呢！

两百年？我再次强烈感到了污染的严重性，另一个问题也冒了出来：没了船，你们怎么过河呢？

书记说：要过河，只能从上游民乐镇的虎渡口大桥，或者下游的边城大桥绕道。

我听了大吃一惊：这也太不方便了吧！如此一上一下打个来回，岂不要绕上几十公里，花上几个小时？要是建座桥，一两分钟不就过去了？

书记抬手指向对岸，无可奈何地说：我们也一直盼望在这儿建座桥呢。前几年贵州出资想修，都在打地基了，我们也配合征好了地，后来不知何故就停了。

对岸河边是座小山，明显已被挖缺了一块，应该就是书记说的下基脚、立桥墩的地方。工程被停掉，确实让人遗憾。

我关心地问道：那下一步怎么办？

书记颇有信心地说：现在不是要全面推进乡村振兴吗？“学党史”也要求办实事，我们准备抓住机遇，重点争取！

我说：这是一个好主意。

小杨和几个村民异口同声说：也请你们大力支持！

虽然人微言轻，却不忍拂了他们心愿，我赶紧答应：好的，好的！

几个朋友也积极表态：一定，一定！

不知不觉时近六点，谢过书记等人，我们踏上了归程。刚上车，几个朋友便开始热议起来。

有的说，遗憾的是没见着当年那位“老县长”，还有潮水河一天三潮的奇观；有的说，好担心老百姓的饮水和环境污染问题，真要引起重视；还有的说，最难得的是触摸到了潮水村的希望和梦想，好希望政府帮一把。

负责驾车的周帅哥还充满向往地加了一句：等将来桥建好了，一日三潮也恢复了，我们要再来一趟。

大家都笑着说：好！

周帅哥踩了一脚油门，顺手打开了收音机，一阵深情柔美的歌声弥漫开来。巧的是，竟然是张信哲的《爱如潮水》。

大家再次笑了起来，纷纷说：在潮水村听这歌，真是切情，切景，又切意！我们的爱也如潮水……

歌声中我再次回望了一眼四围的青山和远去的流水，还有车外不断掠过的屋宇和田野，并在心里默默祈祷说：

潮水村，祝你明天会更好！

2021 年 5 月 4 日

遥远的吉祥谷

藏在川西大山皱褶深处，享有“吉祥谷”美誉的理县，真是一个神奇的地方。汶川地震以后，我曾在那里援建三年，付出了心血汗水，也收获了成功感动。纵然离开了十几年，她的山山水水依然铭刻心中，她的一草一木依然历历在目。

不久前，理县启动“红叶温泉冰雪季”旅游活动，我和几位当年的援建同事受邀参加了启动仪式。再次走进熟悉的理县，感觉却陌生起来，她已然不是当年我们离开时的模样，似乎一切的一切，都变得更新、更美、更迷人了。

这该是一种何等的欣喜呢！

变短的时光

在机场与理县前来迎接的同志会合后，我们便上了高速。出城的车不少。沿都映高速，过庙子坪大桥，出龙溪隧道，从此算是正式进入了阿坝地界。往前是映汶高速，援建时正在修，通车后汶川地震十周年祭时走过一次，今天算是“故友重逢”。

看到高速外时分时合的老213国道，特别是路边或隧道口一个个熟悉的地名，像皂角湾、银杏、罗圈湾、佛堂、桃关等等，我忍不住问司机：我们会经过彻底关吗？

司机说：彻底关已经绕过了，就在刚才佛堂隧道外边。

我不禁“哦”了一声，陷入了沉思。

忘不了彻底关，是因援建期间，有天凌晨，一块巨石突然从天而降，彻底砸断了213国道上的彻底关大桥，造成多人死伤、多车损毁的惨剧。而就在头天下午，我们也刚好从那里经过，还因堵车停留了十几分钟。听说消息后，只觉得后颈发凉。

援建那几年，成都进汶川的213国道，汶川进理县的317国道，经常要通不通，有时一堵就是几天几夜，甚至长时间断路，说起来真是心头之痛。

好在这一切都成了过去，映汶高速早就通车，汶马高速也通了两年，213和317成了短途和备用通道，进出理县，可以畅通无阻了。

说话间，“汶川”出口的标志一闪而过。我不禁高兴起来：再过半个多小时，就可进入理县了！

司机笑着说：您那是老皇历。汶川到理县古城村口，只要10来分钟。

我也笑了起来。看来时光和距离真是变短了，十几年前的老皇历，是该换换了。

温情“1+1”

下午五时许，抵达酒店。天宝、余宁、雷琪、熊瑛等新朋老友迎上前，为我们披上了洁白的哈达和鲜艳的羌红。这是藏羌同胞迎客的最高礼仪。室外颇有寒意，心底却变得热乎乎的。

一位身着藏族服装、天仙般的少女带着我们去前台办理入住手续。她说她叫吴瑶，是我们这一行的专职服务员，我们有什么问题，都可找她。

我们说：你这不是服务“1+1”吗？

吴瑶说：对呀。

果然，入住以后，无论是晚餐、晚上观看“博巴森根”表演，还是第二天早餐、核酸检测、乘车出行等等，吴瑶除了发来详尽的计划安排，还会提前打来电话一一提醒，生怕我们有所遗忘或遗漏。

我不觉有点感动了。

老家有句俗话，叫做“接客得罪客”，说的是家有喜事，不能不主动邀请客人，但总有照顾不周的地方，主人便也要不时地向客人“赔情”。一家是如此，致力于发展旅游产业、建设旅游大县的理县，又何尝不是？听说理县有六成老乡从事旅游业，八成以上人家吃上了旅游饭，真要做到“宾至如归”，压力还是很大的。

好在从吴瑶身上，我看到了理县的决心和信心、努力和进步。有此底气，淡季不淡旺季更旺的日子，还会远吗？

全域狂欢

红叶温泉冰雪节的启动仪式，在被称为“川西小瑞士”的国家 4A 级景区毕棚沟举行。

进得沟来，发现沿途多了许多宾馆酒店，前坪整整齐齐停满大巴；步入会场，要先穿过非遗产品展区，有藏族大娘在织布，羌族阿哥在剪纸，人头攒动，好不热闹；饮下一小杯滚热的土鸡汤，略感寒意的五脏六腑瞬间熨熨帖帖；又一位阿姐递上浓浓的菌汤，只好摇头谢绝了。我开玩笑说，你怎么不排在前头呢？

更热的，自然是山为背景天作幕、载歌载舞的开幕式。

在理县，藏羌同胞会说话就会唱歌，会走路就会跳舞，这一点我早就深深体验过。我感到惊奇惊喜的是，从两个来小时的节目单看，全县每个乡镇都出了好几个节目；而从川流不息的演员看，更像全县的父老乡亲都上了台。

真是一场全域狂欢呢！难怪外面停了那么多大巴，那是为了接送老乡们的！

印象最深的节目或许要算《玉白菜》。我是第一次见人把普普通通的大白菜搬上了节日的大舞台。老乡们身着一片片菜叶造型的道具，时而分开，时而合成一整蔸白菜，真是别具匠心。

当然了，理县的大白菜其实一点也不普通，而是标准的名牌产品，无油无盐，入口清甜，一直是川渝地区的抢手货呢。

问题是，老百姓的热情啷个这么高呢？是不是出了钱？

理县的同志说：哪用出钱？有钱没钱都要来！如果不要谁来，还会有天大的意见呢！

我一听反而高兴了：这多好啊！说明温泉冰雪节办到了心坎上，大家积极参与，活动就会成功。就怕剃头挑子一头热呢！

大家也说：那确实。

这是一句湖南方言，该是当年援建人留下的吧。

唯一的县外演员，似乎是“雪莲三姐妹”，她们为大家演唱了一曲《有缘人》。说起来，她们是与堂弟学聪同年参加的“青歌赛”，我早在荧屏上看过她们不少精彩表演。后来堂弟得了金奖，她们得了铜奖，没想到今天能在现场听她们唱歌，真是有缘呢。

“湘川情”

如果你曾参与一份事业，离开后这份事业还在持续不断地发展进步，还有什么比这更让人高兴呢?

站在“湘川情社会工作服务中心”办公室，看着四周整整齐齐摆放的奖状、奖牌、文件资料和学员们的羌绣作品等等，高兴和感动之情油然而生。

这个服务中心是在原“湘川情社会工作服务队”基础上发展起来的。当年我们把三支湖南队伍整合成一支社工队，在14个援建省份中启动实施了独一无二的“心理援助”项目，努力为全县干群医治心灵创伤，为当地培养社工火种，得到了五万藏羌同胞的由衷欢迎。

荣幸的是，这个项目是我引进，后又由我负责。

湖南援建结束后，理县把社工队更名为服务中心，作为常设机构留了下来，并提供办公场地、资金和项目等支持，帮助这团火种继续燃烧，继续温暖全县同胞。

现在在中心工作的核心成员，是四位年轻的本地姑娘，分别是黎丹丹、韩红芳、王海莉和陶杨利。除了小陶，另外仨都是长沙民政学院为理县定向培养的社工专业的大学生，与湖南有着说不尽的缘分和感情，丹丹是大师姐，也是中心的头儿。四姐妹做起事来，特别齐心。

丹丹正怀二胎，爬上五楼办公室，有点喘气不匀，但说起社工事业，虽然也有不少困难，依然满眼放光。在她心中，理县的老老少少离不开她们，她们也离不开这片土地了。

丹丹告诉我，下一步，她们准备进一步发挥优势，把关心青少年成长作为服务重心。

我对此特别赞同：青少年既关系千家万户，更关系千秋万代，老百姓肯定特欢迎，方方面面也会大力支持，抓好了功德无量。

临走时，丹丹拿出本子，要我写几句话。打开首页，发现是当年战友陈连义的题词："湘川情，一生情。"我想，这不正是我想说的话吗？那就让我也把同样的祝福，送给服务中心和理县吧！

食堂飞歌

在理县，可不只是节庆才有歌声。藏羌同胞能歌善舞，歌声可谓无时不在，无处不有。援理三年，我们都真切感受到这一点。这次回理，自然也不例外。

那天中午，我们在机关食堂就餐，再一次被理县朋友们的美妙歌声迷住了。

食堂在理县商贸中心三楼。中心也是湖南援建项目，里面有商场、超市、餐厅、歌厅、茶楼等，类似商业综合体，是理县地标之一。午餐选在中心，还选在机关食堂，自然饱含理县朋友们的一份特别用心。

我因在"湘川情"多待了一阵，比其他人到得晚了点，抵达包厢门口，听见里面传出了熟悉的旋律和优美的歌声：

又是一年满山绿 / 羊角花儿开 / 五湖四海的客人理县来 / 迎着鲜花的欢笑 / 和着山泉的节拍 / 腰缠叮咚的溪流 / 脚踏飘动的云彩 / 啊啧 / 啊啧 / 啊啧 / 啊啧 / 悠扬的口弦轻声和 / 花花香包抛过来 / 高高碉楼捧美酒 / 欢迎你到理县来 / 理县来哟……

不用猜，唱歌的定是阿荣。阿荣是一位年轻漂亮的藏族姑娘，汉名荣明凤，藏名索朗措，在公务中心工作。

我知道，此刻的阿荣，是在用歌声欢迎几位初到理县的湖南客人呢！于是我也静立门外，先美美听起歌来。

这歌其实叫《欢迎你到桃坪来》，阿荣的原唱。歌的视频，就是在人称“东方千年古堡”的桃坪羌寨拍的，词曲音画均美，人靓唱功也棒，面世即备受欢迎，地震后更是被无数关心羌寨安危的人们疯传开来，我就是在那时听到这歌，进而认识了视频外的阿荣。后来这歌的影响越来越大，理县不知不觉把它当了县歌，“桃坪”常被唱成了“理县”，阿荣也似乎理所当然地成了非官方的外宣形象大使。

阿荣歌声一停，掌声和笑声响了起来，我也鼓着掌，走了进去。阿荣和财政局雍娟等赶快亲热地迎上前来，引导我就坐。

大略因为阿荣歌声的激发，餐桌上一下变得热闹非凡。宾主们一边品着藏羌美食，一边比赛般唱起歌来。唱者立起身，听者应和着打起节拍。一曲唱完，鼓掌声、欢笑声、碰杯声响成一片，包厢就成了欢乐的海洋。

遗憾的是，我五音不全，只会鼓掌，不敢发声。一队友却“抵黑”说：你哪里不会唱？你不是还与阿荣对唱过恩施情歌吗？我赶快摆手求放过：今天我听大家唱，哪天到了恩施，我再唱。

队友说的故事倒是真的。理县三年，我也就唱过那么一次。那是一年元旦，工作队与理县机关团拜，大家轮流唱歌助兴。我不好意思地告诉大家，我就会哼几句恩施土家民歌《六口茶》，可那是男女对唱，一个人唱不了。照我想，理县也应该没人会唱，我就可侥幸过关了。

谁知一旁的阿荣却举手说：我会唱。这一下，算是彻底把我将住了。我只好勉为其难，第一次，破天荒，与她对唱了《六口茶》。我自然唱得不好，却也为一位遥远的外地人，特别是理县的藏族姑娘会唱老家的民歌而高兴。

后来我才知道，阿荣天生嗓子好，从小爱唱歌，后来又专修音乐，参加过《超级女声》，会的歌不知几多呢！

转眼间，这已是十多年前的事儿了，真个日月如梭呢！

席上好歌不断，特别是阿穆楚来后，歌会更是达到了高潮。阿穆楚也是藏族才女，当年在接待办，现在是宣传大员，还是县作协主席。本来忙得一塌糊涂，听说我们回来，想方设法跑了过来，虽然迟到了好久，后来又提前离席，饭都没顾上扒拉几口。

这，便是当年血与火熔成的、特别的“湘川情”！

三个姑娘一台戏。一首首浓烈动听的藏羌民歌，从阿荣、阿穆楚、雍娟她们口中不断飞了出来，瞬间弥漫整个包间，不断线的欢声笑语也引得不少客人在门口驻足、倾听、观看。

“住在大山里的阿莲妹妹，今年不知道你又长了几岁，门前的羊角花儿开了几回，想着想着阿哥我心儿欲碎，我的阿莲妹妹……”这是滚烫婉转的《羌族情歌》；

“耳边羌笛在吹，唤我快快回归，咂酒已经酿好，待我真情去醉……”这是让人忘情的《梦中红叶》；

“友谊的花朵开在吉祥谷，哈达羌红连着你和我，吉祥的歌儿唱呀唱不完，祝福的话儿说不够，请你干了手中这碗酒，藏羌的美酒敬朋友！”这是欢乐诚挚的《欢乐吉祥谷》。

歌会压轴，自然非《湘理相亲》莫属：“湖南有条浏阳河，理县有条杂谷脑河。一头连着湘江，一头连着岷江。湘江人民来到我家乡，为我们修路，为我们架桥梁。高楼大厦拔地起，三湘大道像一条圣洁的哈达，缠绕在我心中。湘理相亲，是因你无私的奉献，让我们记在心……”

湘理相亲，血浓于水，这样的午餐，这样的歌会，谁会舍得，谁又会忘记呢！

寻迹“印象”

“印象”是座五层楼的曲尺形酒店。对口援建期间，它是湖南工作队驻地。它曾是理县招待所，地震中遭到严重损害，歇业了。经过整修加固，工作队从街边住了年把时间的板房搬了进去，直到撤队。

这次重回理县，发现当年的板房所在地成了父老乡亲们茶余饭后休闲娱乐的街心小花园，已找不到半点当年的痕迹了，而当年的招待所则已变身为这家“印象酒店”，算是为我们留下了一处回忆的空间。

那天在商贸中心三楼机关食堂吃过午饭，我们决定去探访隔壁的“印象”，找找当年的痕迹。

相比当年的招待所，虽然主体结构没变，也没装电梯，如今的“印象”其实已经焕然一新，看起来非常温馨雅致。只是以前开放的走廊封装了双层深色玻璃，北头外墙加装了消防楼梯，有了几分神秘感。

好在我们熟门熟路，进得院来，兴冲冲几步就跨上了熟悉的台阶，进了依然小小的前厅。前台小姑娘听说我们是当年的工作队员，想去当年的寝室看看，也禁不住激动起来，马上拿出钥匙，为我们带路。

她告诉我们，当年她还是小学生，读书的学校就是湖南援建的呢。听了她的话，我们也禁不住自豪起来。

上得三楼，大家各自去了当年宿舍所在，我也直奔北段第一间，发现房号从305变成了8826。打开门，是间双标，窗明几净，床铺整齐。窗外，依然是那栋熟悉的居民楼。恍惚间，真像回到了当年岁月。

想到机会难得，我赶快坐在床头，摆好pose，请人“咔嚓”了一张照片，算是寻迹之行的纪念。

我还特地试了下卫生间的水龙头。记得当年冬天，每次调节冷热水，都要斗智斗勇，不然左旋一点烫死人，右旋一点冰死人，似乎要以微米为单位，才能找到适宜位置。如今打开水龙头，左热右冷，自由调节，反应非常灵敏。看来当年那种无厘头的冷热水，也已变乖了。

下得楼来，大家一致决定：再来理县，一定要下榻“印象”，住当年的房间，说不定还可旧梦重温呢！

人啊，真是一种容易怀旧恋旧的动物！

首登筹边楼

重回理县的又一惊喜，是首次登上了薛城的筹边楼。援建期间，它一直在封闭维修，故只能远观，不能得门而入也。好在它兀立于镇中央一座小石头山的顶端，其险要挺拔之势，多次饱过眼福了。

“筹边楼”，即筹划边防边务之楼，始建于唐，现为清建。唐朝时，薛城这一带与吐蕃势力交错在一起，彼此征伐不断，属于前线中的前线。如今薛城上行二三十里，就是甘堡藏寨，可做证明。川西嘉绒藏族，就是战争平息后，留下来的吐蕃士兵与土著长期交融形成的分支。

筹边楼的建设者，是被梁启超誉为“中国六大政治家”之一的李德裕。也许国人更多是从历史课本上知道他，因为他是“牛李党争”之“李”。公元830年，他被贬为剑南西川节度使，鉴于唐与吐蕃边境战事频仍，为筹措边事，他便在薛城建了这“筹边楼”。

难能可贵的是，李德裕不愧是良相之才，颇有战略眼光和斗争策略，他没把筹边楼纯粹作为军事要塞，而是作为交际场所，与当地少数民族首领联络感情。在他任上两年，唐与吐蕃在川西还算相安无事。

不过同样遗憾的是，李德裕离开不久，一切又恢复如初。也许是时间太短，和平机制还没建立起来吧？如果李德裕干得久一点，情况会否好得多呢？

为筹边楼名扬天下做出贡献的，还有唐朝四大女诗人之一的薛涛，才华横溢又时运不济的一枚奇女子。她晚年曾登此楼，并留下了一首诗：“平临云鸟八窗秋，壮压西川四十州。诸将莫贪羌族马，最高层处见边头。”可谓饱含家国之思，情景哲思交融，为筹边楼添上了浓墨重彩的一笔。

七十上下、精神矍铄的寇老爷子，是筹边楼的日常守护者，也是我们这一行的讲解员。沿已严重风化的台阶拾级而上，听寇老爷子绘声绘色讲述历史人文掌故，不知不觉就到了山顶，进了筹边楼一楼大厅。

大厅正中，有一长块像山一样高低起伏的石头，四周围有玻璃。寇老爷子说，这是石山顶上天然形成的一尊“睡观音”，头颈分明，眼耳口鼻俱全，建楼时就有，非常神奇，所以筹边楼又叫“观音堂”，过去香火还挺旺盛。

我端详了一阵，觉得似像非像。但想到这不过是老百姓的一种追求和向往，心底便释然了。当年建楼时，边境战火纷飞，如今一千多年过去，边关早成了内地，各民族水乳交融，也该过上安宁祥和的好日子了。难道不应该是这样吗？

尔玛人家

理县最后一顿晚餐，应我们请求，主人把它安排在了“尔玛人家”。

“尔玛”乃羌人自称，意为“本地人”，“尔玛人家”是一家羌族农家乐，地处理县的东大门桃坪，夹在如今的新老羌寨的碉楼之间，不但地理位置好，院内绿树成荫，而且羌菜地道，服务热心，当年就是我们待客的首选之地。这次特意点它，自然也是怀旧加解馋。

那天下午，刚进院子，就看见了饭店老板陈硕的身影，正在葡萄架下忙活什么，我远远叫了一声：陈总好！

陈硕转身一看，赶快迎上前来：哟，谭队好！

接着我们便来了个大大的拥抱。松开手，我有点好奇地问他：十几年了，陈总还认得我?

陈硕说：别人不一定记得，谭队我一定记得。你们湖南对我们有恩呢!

我赶紧说：打住打住，那都是应该的。

陈硕却认真地说：恩人是永远不能忘的。

随行几位理县朋友也异口同声“那确实”。还是那句湖南方言。

葡萄架下有张石桌，围着几个石凳，凳上蒙着羊皮，坐上去暖和舒适。宾主坐定，闲话家常，好不温馨。

陈硕告诉我，这十多年来，凡来“尔玛人家”就餐住宿的湖南客人，一律八折。不为别的，就为一份心意。

一时间，我倒不知说什么好了。其实，当年的我们，不就是按照党中央、国务院和湖南省委、省政府要求，做了该做的事吗?而理县人民回馈给我们的，又何尝不是天高海深呢!

七时许，难忘的晚餐开始了，一道道让人神往的羌家菜端上桌来。更妙的是，桌上还不时有人加入进来。好几位当年的战友，像现在马尔康的清礼、张勇、连义诸君，现在汶川的晓琳君等，听说我们回来了，不惜驱车一两小时，纷纷赶了回来。

大家说，我们是曾经同生共死的兄弟姐妹呢!

围着火塘式下沉的餐桌，有人唱起了酒歌，有人跳起了沙朗，有人品起了咂酒，有人诵起了诗篇，其他人或击节，或跟唱，或鼓掌，席间欢声笑语一片。

而当年那段宝贵而又难忘的时光，也似乎随着窗外羌寨的斑斓夜色，随着脚下杂谷脑河的滚滚涛声，还有四周雪山之巅的隐隐白光，一页一页，重新悄悄浮现在眼前，久久不散……

这氛围，这感觉，这血与火凝成的湘川情，这遥远如梦又触手可及的“吉祥谷”，真好！

2022 年 12 月 4 日

忧乐眉山行

告别川西理县，我直接去了位于川中偏西南的眉山。确实半点都不用拐弯，她就在我进出四川的高铁必由之路上。除此以外，我其实还有不得不去的两大理由。

头一个，眉山是千年大文豪苏轼的故乡，素有“千载诗书城”“人文第一州”的美誉。小时候读过他豪情万丈的“大江东去”和“明月几时有”，这几年一不小心还成了“苏迷”，对他的一切都颇感兴趣，他散布全国的众多为官之地，也差不多跑了个遍，如今到了他家门口，岂有不下车礼瞻之理？

二呢，眉山还有个老家的表妹，二外公的孙女，年纪比我小许多。据她说，小时候我给她送过钢笔，我其实早忘了。她大学毕业去成都打工，遇到了如意郎君，便嫁往了眉山的丹棱，只是与娘家隔了上千里。

记得微信聊天时，表妹就说，平时好难得回趟老家，娘家人能来丹棱的就更少了。表妹这话，让人鼻子发酸。

“独在异乡为异客，每逢佳节倍思亲。”我曾远离家室，几番在外工作，很清楚这种感觉，更何况是一个独身远嫁的年轻女孩呢！于是我就想找个机会，以娘家人的身份，看看她去。没想到这次理县之邀，倒成全了这一心愿。

晚上十点来钟，表妹夫在眉山东站接上了我。妹夫姓郭，看上去年轻高大帅气，这也是我们第一次见面。窗外下着小雨，车也不少，他放慢车速与我聊天，我们很快就熟络起来。

一聊才发现，我这表妹夫不但帅，普通话也不错。在四川，我一般都讲方言，似乎这样交流更顺畅，没想到妹夫的普通话这般顺溜，倒让我暗暗称奇了。我想，这大概是因为年轻、好学，又长期走南闯北的缘故吧。

妹夫告诉我，表妹现在主要在家带儿子，一个五岁，一个三岁，俩宝贝够她忙的。他则忙着自己的小厂，生产加工水果的机器，本来日子还行，没想到近几年闹疫情，人出不去，货也发不走，老市场丢了许多，挺闹心。好在家在城郊，又是独子，父母年纪不大，在家种果树，生活没多大问题。

我只能表示理解和同情，说：是呢是呢，疫情一来，上下左右都艰难，现在最重要的，是撑下去，活下去。

正聊着，电话铃声响起，一个稚嫩的声音急急传了出来：爸爸，爸爸，你和舅舅怎么还不回来呀？

妹夫马上温温柔柔地说：快了，快了，你们莫急哦！

我也赶快接了一句：宝贝们好，舅舅就快到了呀。

等妹夫挂了电话，我问：小家伙们怎么还不睡觉？

妹夫笑着告诉我：他们听说舅舅要来，都高兴得很，哪肯去睡觉，都在家等着你呢！

想到两个小外甥如此热切盼望着我，心里不觉暖暖的。

大约十一点，终于踏进了表妹和妹夫在县城的家门。他们本来要为我在酒店开房，被我止住了。酒店再好，哪有住在家里温馨呢！更何况，我不是来探亲的吗？

两个虎头虎脑的小外甥果然还没睡，门一开，便跟着妈妈争先恐后迎了上来。哥哥五岁，叫俊廷，似乎有点害羞，叫过“舅舅”便安静地待在旁边，悄悄打量着从未见过面的我。快三岁的弟弟耘宏却一点也不认生，紧挨着我坐下，歪着脑袋，开始与我叽叽喳喳起来。

有趣的是，我一面要和他爸妈聊天，一面又要回应他奇奇怪怪的问题，他的好多稚语我又不甚熟悉，一下子没听明白，好几次都答非所问，急得他连连摇头：“舅舅，不是这样哦，舅舅，不是这样哦！”我也窘得手忙脚乱起来，心想这宝贝实在太可爱了。

更有趣的还在后头。眼见时间够晚了，大家都催兄弟俩快点去睡，他们也同意了。见此我便对弟弟说：耘宏晚上陪舅舅睡好不好？我本是随口逗逗他，心想这怎么可能呢！

没想到奇迹瞬间发生，耘宏毫不犹豫，立马答应了我的要求，还自己脱掉鞋子，爬上床去，生怕大人们反悔了一般。大家虽然觉得不可思议，却都开心笑了起来。特别是我，心中更是充满了得意。看来我这舅舅，倍有面儿呀！

在床上给耘宏讲了一个故事，放了一段音乐，他很快就入了梦乡。帮他掖好被子，看着他酣甜入睡的样子，我忽然想起了“血浓于水”这个词。小耘宏的一举一动，不就是我们之间割舍不开的血缘亲情的神奇显现吗？

第二天，原计划去三苏祠一游，谁知妹夫网上一查，附近出现了阳性病例，全区自然风声鹤唳草木皆兵，心里便打了退堂鼓。我知道，如果贸然前往，十之八九，会无功而返，因为我有过数次类似的经历。

无论如何，三苏祠不敢去了，去哪儿耍耍呢？借助“马蜂窝”，发现隔壁洪雅县的槽渔滩，竟然有个千塔佛国，还被称为川版“小柬埔寨”！我不觉起了好奇心，决定前往一游。刚好妹夫许久前去过，便责无旁贷成了车夫兼导游！

丹棱到槽渔滩，约一小时车程。进入洪雅，时常能看见青衣江的影子。印象中，这是第三次与她谋面。第一次在乐山，远远地看她入大渡，进岷江；第二次在雅安城，近距离看她流过身旁。不期今日重逢，更有几分欣喜了。

忆起青衣江，我会时常想起家乡的清江，或舞台上的“青衣”，大约是音同或字同，且都很美之故吧。

后来才知，这一带古属羌国，且人们常着青衣，故称“青衣羌”，江也因此得名。如今汶理茂的羌人亦喜青衣，说不定就源于此呢。

十点来钟抵达槽渔滩，发现它就嵌在青衣江两岸葱茏的深峡之中，江面不算窄，水也很深，看上去薄雾轻笼，多了一丝缥缈味道，可惜有艘挖沙船正在作业，隆隆机声打破了四周寂静，颇煞风景，难怪江水也不太清澈呢！

我们在景区牌坊处下了车。牌坊巍峨壮观，四周却寂寥无人，只有朴初老人题的“佛教渊源”四字，在牌坊上方打量众生。

进门，前行不远，路左立有一块偌大的“观音寺”铭碑，落款“东坡居士轼书”。苏轼家距此不远，又信佛，这题词，说不定是真的呢。据说这寺建于唐，毁于清，现为二十世纪九十年代重建。只是寺名已斑驳脱落，上行台阶也长满青苔小草，应该是少有人光顾吧。

我们决定继续向前，先看佛塔去。怪的是，一路冷冷清清，横竖就我们仨，佛味倒是愈浓起来。不要几步，就会有一方形小碑，或嵌或立，掩映于路左沿的密林草丛之中，凑近看，原来上刻着佛经故事。

妹夫说，这样的碑有七八十块，不知是古迹还是今作。我说，管他呢，就当古迹得了。

闲话间，“九龙浴太子”几个大字闯进眼帘。它的上方，斜横着一道几十米长的巨大石梁，上面雕龙画凤，祥云缭绕，颇有气势，也颇具美感。

石梁中间位置，是一个张开大嘴的龙头，正下方一个半大孩子裸坐在浴盆中。据介绍，他是十三岁的太子悉达多，这自然是在接受九龙沐浴了。

瞧那石刻的规模和水平，应该是出于古人之手，今人哪有这等闲工夫呢！

令人诧异的是，理应喷水的龙口未见水流，却长满了长髯般茂盛的绿植，小太子的右手、下肢和浴盆，也是藤蔓丛生。

这该是多少年没人打理过了呢！难怪太子看起来似乎闷闷不乐呢！可怜他还是一个十三岁的孩子，又有何办法？

此情此景，实在出乎意料，心里也不免发凉，此前种种对槽渔滩的美好期待，也悄悄降低了许多。

离开“九龙浴太子”，续行几百米，马路左手，低矮绿植之后，现出了一道十来米长、两三米高的塔基，从右向左，刻着四个隶体大字——千塔佛国。

无疑，这里就是景区核心了。

但见塔基之上，正中是座小巧的方形砖塔，高仅数米，底层四周有拱门，在第四层又一分为五，中间和四角各立有一座小尖塔，整体造型还算和谐有致。塔基四角一米多远，也各有一座瘦高之塔，似拱卫主塔一般。

正想问妹夫这塔的造型有何讲究，透过主塔与护塔间的空隙，却见塔后密林之下，有一尊巨大的卧佛雕像，双眼似睁未睁，正看向我们。

我颇为诧异：这里还有这么大一尊睡佛?

妹夫说：听说有十几米高，四十几米长呢!

我听了暗暗称奇。虽不知这是哪朝哪代的作品，但看其规模和气势，当年定是投了大量人财物的。

不觉想起了下游不远的乐山大佛，那工程的耗费就更巨大了。从古到今，佛教在民间、在信众中间的影响力，真是太不可思议了!

目光投向马路对面，峡谷中满是棕榈、桫椤等绿色植物。这桫椤，是从恐龙时代生息繁衍下来的，宝贝得很。

一片绿意葱茏之中，或远或近，或高或低，或大或小，不时有红黑斑斓的佛塔点缀其间，有的塔上还生了杂草，更给山野和这佛国添了几分幽静和沧桑。难怪网上有人把这里作为怀旧摄影的佳选呢。

我没去过柬埔寨，不知热带雨林中的柬埔寨是不是就这样子!

凑近塔身，发现有的还刻有文字说明，告诉我们这是仿制的哪座塔，原塔在何处，比如源于山西五台山佛光寺的祖师塔，源于南京栖霞寺的舍利塔等等。

我这才明白，这“千塔佛国”之塔，并不是历朝历代累创而成，而是有人，而且大概率是今人，仿制了各处名塔，难怪这些塔都不大呢！

而且，目力所见，也没有千塔之多，却为何叫“千塔佛国”呢？

妹夫告诉我：“千塔佛国”塔的数量，有两个版本，一说是只有 54 座，加上水中倒影，合计 108 座，另一说是确有 108 座，具体也说不清，据说佛教里百千同义，都是泛指很多，所以就叫“千塔佛国”了。

想想可能还真是这么一回事。本想沿路继续前行一段看看，却有告示牌提醒前路不通。看来“千塔佛国”之旅只能这样打住了。

下午，我去了妹夫老家做客。他家在县城附近的农村，只有 20 来分钟车程。一路行去，眼见路两边，田畴里，绿油油的树上，都是白花花一片。

我说，这树上开的什么花？

妹夫笑着说，这是给树上的爱媛果子套的纸袋子，提高它的品质呢。

看来我是当了“果盲”了，真是有点不好意思。

妹夫家是爱媛种植专业户，说起爱媛自然如数家珍。据说这爱媛是从日本爱媛县引进的水果品种，以县为名，因为皮薄肉嫩，水分充足，甚至可以用吸管来吸着吃，所以人们就给它冠了一个“果冻橙”的美称，很快便风行全国。而丹棱，则是全国主产区，品质也最好。

妹夫这一说，让我恨不得马上一吃为快！

车驶入院坝停好，妹夫的第一件事，就是在离得最近的一棵树上，摘下一个果子，去掉纸袋，递给我。那果子个头丰硕饱满，颜色金黄明泽，一看就是好东西。

接过，从果蒂处开剥，果皮就轻轻松松脱了下来，那裹着的果肉，也似乎不是一瓣一瓣的，中间的分隔简直薄如蝉翼，整个就融成了一包果汁一般，只要稍稍一挤，就会四溅开来。

急急撕下一块，入嘴，抿一抿，吸一吸，根本不用嚼，那果肉便马上融化掉了，香香甜甜的气息瞬间弥漫口腔。

这爱媛果冻橙，果然名不虚传！

妹夫家的果园在屋背后。表妹去做饭，妹夫带我去参观。在那里，我遇见了正在果园劳作的郭叔，即妹夫的父亲，并很快与他攀谈起来。

郭叔告诉我，他现在有十来亩果园在挂果，明后年还有上十亩也要进入挂果期。一般一亩地有七十来株果树，每棵树可以产果一两百斤。

我说：您家最贵卖到过多少？

郭叔说：前几年到过七块。

我羡慕地说：那您一亩地岂不是可以收入五万以上，十亩地不就是五十多万？那可大发了！

郭叔有点无奈地说：哪能年年这么好？我们只能等着客商来收，行情说不准呢！有稳靠的一二十万就不错了。

想想也是。中国农民主要还是靠天吃饭的，据郭叔说，今年天旱，对品质和产量很有影响，现在种爱媛的也多，农民与市场又隔得远，信息不灵通，价格还真难高上去。

但我还是希望郭叔家，还有他的乡亲们，能把爱媛卖个好价钱。

晚上从郭叔家告别返回县城时，再一次见证了奇迹。

听表妹说，两个小外甥最喜欢在山上，在爷爷家玩，这一次，老大俊廷也不例外，早早就拿定主意，要留在山上。小耘宏却似乎有点为难，一面拉着爷爷的手不放，一面又与爸妈依依不舍，似乎希望爸妈也不走。

见此我便笑着逗他说：你今天不陪舅舅睡觉了吗？

按我的估计，爷爷家的吸引力天大地大，怎么可能挖得动墙脚呢！

没想到耘宏一听我的话，立马松开爷爷的手，转而拉住了我的手上了车，说要跟我回城去。

这小耘宏呀，硬是让我的探亲之旅惊喜连连！

小车在山道上静静行驶。山风在吹，空气中略有寒意。想到短短一天的眉山之行，其间感受的亲情、喜悦和梦想，心中充满了暖意，更有丝丝留恋。

我知道，眉山我是会再来的，谁叫三苏祠这次擦肩而过了呢？

2022 年 12 月 14 日

李庄的那些人和事

一

如果我问：李庄在哪里？估计没几人晓得。

如果再告诉你：早在二十世纪四十年代，抗日战争艰苦卓绝之时，即使是国际邮件，只要写上“中国李庄”，就能准确无误投递。对此，你是否有一种久违的孤陋寡闻的感觉？

我也属于孤陋寡闻者之一。虽然李庄听起来如此有名，有名到邮件不用从大地名写到小地名，有名到庄名前可冠以“中国”二字，可是此前我对“李庄”，确实一无所知。

我是因为想去宜宾走走，无意中听说她的名字的。

宜宾在川南，金沙江与岷江在此汇合后统称长江，是故宜宾是“万里长江第一城”，又刚好在我进出四川的高铁路上，自然想顺道一游。

我知道，宜宾是酒都，可惜我对酒不感兴趣，还有竹海，只是湖湘也多，自然缺少吸引力，那么去看点啥好呢？

借助网络，诧异中，我发现了神奇的李庄。

她是千年古镇，在宜宾以东 19 公里的长江边，因此被称为“万里长江第一镇”。嗯，单凭这个名头，就值得去看看。

最不可思议的，她还是抗战时期大后方四大文化中心之一，另外三个，是成都、重庆、昆明，都是大城市。而李庄却以一个村庄、3000 余人的体量，接纳了中央研究院（史语所、社会所、人类所）、中央博物院、同济大学、中国营造学社等 10 多所文化、教育、科研机构，共 1.2 万余人迁入，从而为战难中的一大群读书人提供了一张“安静的书桌”。

正是在李庄的怀抱中，一批如雷贯耳、令人景仰的学术大师成长起来，为我国诸多现代学科的建构，做出了开拓性、奠基性贡献：梁思成被誉为“中国近代建筑之父”，李济被誉为“中国考古学之父”，李霖灿被誉为“东巴文化之父”，童第周是我国实验胚胎学的主要创始人，凌纯声是中国民族学的开创者，吴定良是中国体质人类学的奠基人……

李庄六年，同济大学培养了 3000 多名毕业生，不少人后来成为新中国的栋梁之材，如吴孟超、王守武、唐有祺等院士……

真没想到宜宾还有如此英雄的所在，真没想到李庄还有如此伟大的壮举！我不禁怦然心动了。

而最终促成同济大学入驻李庄这一壮举的，是 1940 年 8 月，一封由李庄人发出的“十六字”邀请电报：

同大迁川，李庄欢迎；一切需要，地方供给。

这电文至今读来，依然振聋发聩。

这掷地有声的文字背后，该是站着一群多么富有远见、勇气、责任和担当的人呢？

带着敬佩和迷惑之情，我决定走进李庄去看看。

二

从宜宾西站到李庄，点对点有趟公交，让我对李庄之行有了第一重好感。曾到过一些景区景点，口头上说致力打造，实际连过路公交都少得可怜，进进出出都折腾，怎不让人心生憾意呢？

因为预订的酒店在古镇东北角，便在最近的公交站下了车，向北直行几百米，就到了古镇的步行入口。中间隔离门上，上一行醒目标着“中国李庄”几个大字，下面一行小字，写的是“中国文化的折射点 民族精神的涵养地”，字里行间，无不昭示着那段抗战历史带给李庄的特殊荣耀和崇高地位，也让人不由得心生敬意。

入得门去，路左，行道树下，一溜红色的电动小公交，颇为吸人眼球。其车顶有“居民交通车”标识，车身有“中国李庄”的文字和图案，还有“长江第一古镇 大师学者故乡”的豪语，稳稳透出一种国际范。

后来我知道，这车是免费车，每天穿行于古镇的大街小巷，居民可坐，游客也可坐，随叫随停，随上随下。这在说大不大说小不小、走路嫌远打的不值的李庄，真是太可人心了。李庄算是把服务做到了心坎上。

不由得对李庄有了第二重好感。

三

入住后稍事休整，我便出了房门，准备寻幽览胜去。

门口是奎星路，左转没几步就到了路的尽头，那里立有高高的奎星阁，看起来还颇新。这是李庄的历史文化标志，可惜门关着，不知是不是因为疫情的原因。

李庄本有一座建于清代的奎星阁，被梁思成誉为上海到宜宾两千里间最好的楼阁，是李庄“四绝”之一，后来被毁于“文革”，自是无福一见了。眼前这座，是 1998 年易址复建的。

从奎星阁出发，沿江折向西南，就是顺河街，古镇的一条沿江主街，许多古建筑就聚在附近，抗战时成了同济大学和其他科研机构的所在地。碰上的第一处，叫南华宫，须从小巷拐进去几步。指示牌告诉我，这是同济大学理学院旧址。可惜也是朱漆大门紧闭，不见当年模样。

当年迁入的众多机构大都安置在分布全镇的众多庙宇道观里。比如同济大学的理学院在南华宫，工学院在东岳庙，医学院在祖师殿，本部在禹王宫。

专家学者和师生们的住宿，则靠租用私宅民院来解决，全镇每一户人家，均住进了避难人员。为了给来客腾出房子，许多原住民纷纷投亲靠友，去了乡下。

据说李庄有“九宫十八庙”，像建于清道光时期的东岳庙、禹王宫、天上宫等，建于清光绪时期的南华宫、桓侯宫等，这也是李庄敢于主动邀请并能够接纳同济大学等机构一万多人的底气所在。

小小一个村庄，为什么会有如此多的宫观寺庙呢?

李庄原是长江边的一个小渔村，由于地理位置绝佳，唐代以来就是川南商贸、文化、经济重镇之一。明末清初因为“湖广填四川”，迁入了大量外省人，如广东、福建、湖南、湖北、江西等地的人，行业商会、同乡会等民间组织蓬勃兴起，祠庙、会馆、寺庙等公共场所也伴生建了起来。像后来同济大学本部入驻的禹王宫，最初就是湖广会馆，中央博物院筹备处迁驻的，就是张家祠堂。

估计建设者们谁也没想到，几十上百年后，因为一场战争，这些宫观寺庙竟然会发挥出如此超常规、超历史的文化保护作用，并在李庄历史上写下浓墨重彩的一笔。

四

李庄与同济大学等结缘，其实是偶然中的必然。

“七七事变”后，同济大学一路由浙江金华，江西赣州、吉安，再到广西贺县、云南昆明，已前后迁移五次。1939 年，眼见昆明又将告急，遂决定再次内迁，并委托在宜宾的校友代为物色地方。

本来，最有能力接收的应是南溪县城，但县城里的乡绅们担心人口激增会导致物价上涨，甚至危及民风，以“小庙供不起大菩萨”婉拒了，这才给了在地图上连名字都没有的李庄一个千载难逢的机会。

当历史性的责任与机遇来临时，并非每个人或每个地方都能意识到这点，很多因为短视、胆怯不敢出手，而与此失之交臂，连同千载难逢的荣誉和隐含其中的巨大利益也一同失去。

而勇挑重担的人或地方，自然是另外一种全新的命运，得享无上的荣光。这种故事其实屡见不鲜，当年的李庄之于同济大学，后来的合肥之于中科大的佳话，都是如此。

五

于李庄而言，一个本来只有 3000 人的村庄，却要一下子接纳 12000 来名“下江人”（李庄对沿海一带来内地之人的统称），其任务之艰，压力之大，可想而知。

压力首先还是观念上的。为了给“下江人”腾出集中上课和住宿的地方，首先须把殿堂庙宇里大大小小的菩萨抬出来，把祠堂里列祖列宗的牌位请出来，把自家住得好好的房屋楼宇让出来，自己去投亲靠友，这对宗天敬上、安居乐业的传统农民而言，自然是一场不小的冲击甚至牺牲。

好在，李庄就有那么一批别具慧眼的人，他们从心底认定，做好这件事对国家意义重大，对李庄也意义非凡，相信菩萨会保佑，老祖宗们也不会生气，于是他们愿意下定决心，排除阻力，强力推进。

当年他们这群人是如何做通全村人工作的，我没有看见详细确切的记载，只在李庄的纪念馆看到过一段现在演绎的电影，讲述的是这段历史。但从一封名为《南溪县李庄镇士绅为将孝妇祠依法由国立同济大学租定祈令南溪征收局转饬分柜迁让呈》的信中，却似乎可见其不易。信中说：

维护教育，繁荣地方，其责端在绅等，万难坐视。……各公私处所均已不顾一切困难，先后将房舍让出，交付同大，而粮税分柜独延宕不迁。……该祠既属公产，主权应属本镇全体人士。……当此非常时期，官民同有协助政府，完成抗战之义务。绅等之所以积极协助同大者，良以该校学子，对于抗建贡献甚大。盖安定同大，间接即增强国家力量。该局既为地方机关，对同大辗转流亡来此，究竟是否应当表示欢迎？

这封信的署名为“南溪李庄镇士绅：张访琴、罗南陔、李清泉、罗伯希、杨君惠……”一共32人，时为1941年3月29日。

显而易见，这是李庄士绅们集体为同济大学出头、要求政府当局（南溪征收局）让出其在李庄所占房产给同大使用。

信虽不长，但无论是对“维护教育，繁荣地方，其责端在绅等，万难坐视”的自我认知，还是对“良以该校学子，对于抗建贡献甚大。盖安定同大，间接即增强国家力量”的深刻体察，或者是对“该局既为地方机关，对同大辗转流亡来此，究竟是否应当表示欢迎”的严肃责问，都体现了这群人的远见卓识、非凡勇气和果决精神。

如果没有这群人，如果这群人的思想观念到不了这一层次，一个小小的村庄，怎么会发出那封石破天惊的电文呢？

“同大迁川，李庄欢迎；一切需要，地方供给。”

透过这力透纸背的十六个字，我似乎真的看见了，它们后面，站着一群无愧于那个时代的、大写的人！

无论是“十六字”电文，还是督请粮税分柜让出房产给同济的上书，都离不开一个人的名字，他就是：罗南陔。

毫无疑问，罗南陔是李庄士绅的精英，或曰李庄的精神领袖，不惟在促成同济等机构入驻李庄一端居功甚伟，无人能匹，在支持他们安营扎寨投身文化抗战事业方面，同样事无巨细，竭尽所能。

比如，他将祖上祠堂免费借给同济大学附设高级工业职业学校；他不时变卖田产，筹措物资，以周济“下江人”；他为了给生病的梁思永一家腾出屋子，把结了婚的大儿子一家遣去了偏远的乡下……

罗南陔确实尽了一个开明士绅的最大本分。

六

当年的李庄，确实人文荟萃，群星灿烂。一大批国内顶尖的专家、学者云集李庄达六年之久。其中，最著名的，或许就是梁思成、林徽因这一对神仙眷侣了。

梁林夫妇和他们的营造学社旧址，在村西一个叫月亮田的地方，距古镇中心大约两里路。我去参观时，门口只有一个工作人员，旧址内空无一人，与我在中央博物院旧址、同济医学院旧址等处情况一样。

李庄安静得有点不可思议。

李庄岁月，于梁林一家大小五口，或许是最艰苦困顿的时期。营造学社是私营机构，没有经费保障。当时林徽因还重病在身，药费非常昂贵，因此梁家常常生计无着，只能靠典当度日。陪伴了梁思成几十年的派克金笔和手表，最后也被他送到当铺，换回了两条草鱼给林徽因补身子。即便如此，梁仍不改其乐观豁达，幽默地对林徽因说："把这派克笔清炖了吧，这块金表拿来红烧。"

就是在这样极端贫困的境况下，梁思成完成了《中国建筑史》《图像中国建筑史》等扛鼎之作。

梁林夫妇，可谓那个时代肩负起责任和使命的知识分子的优秀代表。

梁思成的人品杰出，自然远不止如此。抗战后期，还在李庄的梁思成带着学生罗哲文，专门去重庆，在盟军地图上标出日本京都和奈良古建筑位置，请求盟军不要轰炸，从而保全了这两座历史名城，两地人民至今感怀在心。

梁林夫妇这种对古建筑、古文物的爱护敬仰之心，自然一直延续到新中国成立后力主对老北京古城墙的保护。

读到他们的故事，让人常常觉得，一个国家、一个民族、一个时代，对于知识、文化、文明乃至对知识分子、社会贤达的态度，都是可以看出社会的基本底色的。

当年李庄的那批民间士绅，为流亡中的知识分子提供了一张“安静的书桌”；而当年那群在李庄砥砺奋进的知识分子，也因此为灾难深重的祖国奉献了一份火辣辣的赤诚。

他们在李庄，共同成就了一份传奇。

这样的传奇，应该是不朽的。

2022 年 12 月 24 日

别样留存

欧美的交通

出门在外，免不了舟车相伴，因此一路平安，大概是每一个远行者的基本愿望，也是家人们的最大祈盼吧。

然而，在现代交通工具越来越发达、越来越普及的今天，这份心愿却又往往是一种奢望。因为，有太多悲惨的故事经常地重复：也许刚才还在握手言欢的至亲好友，转瞬之间就因为一次车祸而阴阳永隔。至于在一天之内，接二连三地目睹几起交通事故，实在不是一件很难的事，相信很多出差在外的人都有这样的黑色经历。

记得有一年冬天，我坐车到邻近省城的一个县城去，因为路上有点薄冰，平时一个小时的路竟然走了整整四个小时，而且沿途横七竖八滑进、翻进道旁田间的车，至少有20来辆。幸好道路两边还算平坦，没有什么重大人员伤亡。

这样的故事听多了、见多了，心中不免愀然戚然。

不知从什么时候开始，每次当我出差归来，步出机舱、迈下火车、登上码头、走进家门时，我总是要长长地吁出一口气：谢天谢地，平安到达了！

值得庆幸的是，虽然这一次我在美国和欧洲共待了几十天，其间从美国的西岸到东岸，从欧洲的北部到中部，差不多每天都要坐车外出，有时甚至一整天都需要在车轮上度过，行程达数千公里，但确实是一路平安，没有发生一点点磕磕绊绊。

令我和同伴们啧啧称奇、觉得不可思议的还有，在这几十天的行程中，在纵横交错、密如蛛网的公路上，在川流不息、浩浩荡荡的车河里，我们真的压根儿就没有看见过一次哪怕是很小的车祸；甚至于连堵车这样的常事，在我的印象中，也似乎仅在下班的高峰期遭遇过一两次，每次时间还不到一刻钟。欧美交通状况之好、交通事故率之低，由此可见一斑。

我不禁因此产生了几分敬畏之情，甚至还有了一探究竟的想法：是什么原因造就了欧美良好的交通状况和偏低的事故率呢？

我不是交通管理专家，也没从事过交通管理工作，难以对此条分缕析。据我粗浅观察，支撑欧美成功的因素纵然很多，比如较高的人口整体素质、完善的交通基础设施、严格的交通法律法规、到位的交通安全教育、科学的交通管理体系等等，但其中最最关键的一点，还是“以人为本”的基本理念，以及由此决定的交通管理思想、方式和方法。这一理念已经渗进血脉、融入骨髓，成了欧美交通管理的灵魂，也为世界创造了交通安全的奇迹。

大凡到过欧美的人，也许都有过这样的经历和感受：如果你要横穿一条马路，不管面前有没有斑马线，也不管你是否违章，总体还是相当安全的（有斑马线、没违章当然更安全）。因为当你候在马路边的时候，奔驰而来的汽车不管先前有多快，大多都会在离你 10 来米的地方停下来，然后静静地等着你穿过马路；如果你迟疑不决，司机还会给你一个“请你先行”的手势，再加上一个善意理解的微笑；甚至当你示意他先走的时候，他还会坚持要求你先通过。

在欧美国民的潜意识里，人的生命只有一次，因此高于一切，胜过一切，是最可宝贵的东西；如果生命与制度发生冲撞，制度必须无条件地为生命让路。所以，对偶然出现的行人违章，欧美的司机大都持着一种宽容平和、理解尊重的心态，有的时候甚至到了一种放纵的地步。

踏上欧美的第一课，是由导游宣讲交通法规。欧美等国都制定了完备的交通法律法规，比如规定司机每天工作时间不得超过 13 小时，驾驶时间不得超过 8 小时，其中连续驾驶时间不得超过 4 小时。这些规定粗看近乎苛刻，细想一下，却充满对司机和乘客的人文关怀。比如欧美的司机每行 2 小时左右，必定雷打不动地到停车场去休息。

记得在维也纳，我们听完音乐会将近零点才回到酒店，司机告诉我们说，明天只能 10 点出发，因为他必须按法律规定睡足 9 小时。从斯德哥尔摩到奥斯陆，500 多公里高速公路，一辆大巴硬是从早到晚跑了 10 小时，平均时速不到 60 公里。我想，如果是国内司机，也许 5 小时就足够了。只是作为乘客，你坐得安心吗？

在欧美，人性化的交通管理手段确实还有很多，虽然有的看起来并不怎么起眼。但我觉得起码有两个办法，是可以立马拿过来用的。

一是给车安装“黑匣子”。这是治理超速和疲劳驾驶的好办法。因为车辆一发动，黑匣子就开始自动记录发车时间、停车休息、收车时间、最长运行时间及车速等情况，警察可以随时对记录数据进行抽查，发现问题照章严惩。

二是车辆起步即亮灯。其目的是提高行人和其他机动车的警觉性，从而降低事故率。这一举措肇始于瑞典和加拿大，目前已盛行于欧洲大陆。据说在我国浙江省的金华市也试行过，效果非常好，交通事故出警数在 4 个多月下降了 13.6%。既然如此有用，为什么不早日全面推广呢？

2006 年 8 月 9 日

（附记：此文虽写于十几年前，如今来看，似乎并未过时）

募捐记

2017 年 4 月 18 日到 5 月 18 日，我通过“轻松筹”平台，代重病在身、亟待救命的美瑛堂妹，面向社会发起了一次募捐活动。

在众多或熟悉或陌生的朋友们帮助下，活动取得了圆满成功，堂妹因此再次住进了医院，重拾了活下去的勇气和信心。

这是一次极为难得也极为难忘的经历，将永远记在我、堂妹及所有亲人的心中！

还是让我先列举一组统计数字吧：

60000。这是募集到的善款数，其中线上通过“轻松筹”平台募集了 5 万余元，线下以红包形式直接接受捐助 1 万余元，实现了 6 万元的预计目标。

1144。这是通过“轻松筹”捐出爱心善款的人次数。其中只有一小部分朋友比较熟悉，绝大多数素昧平生，或许今生今世也无缘得识。

478。这是朋友们转发、分享到微信、微博、QQ 等网络空间的次数。通过分享，更多的爱心人士才知晓、关注，并参与进来。

43。这是“轻松筹”平台上予以关注的朋友人数。由于需要各界关注、支持、帮助的人实在太多，“轻松筹”每天发起的“个人求助”不知凡几。项目被加了“关注”，平台就会及时提醒项目的最新进展情况。

17。这是发动“一起帮”的朋友人数。很感动有 17 位朋友除了自己捐款，还利用“轻松筹”，构建了一个新的独立平台，以发动自己的朋友，为美瑛寻求爱心捐助。

13。这是提供证明的朋友人数。“轻松筹”面向社会，捐助者大多为陌生人，由众多通过了实名认证的亲戚朋友、老师同学、同事同伴等出面予以证实，捐助者才会感到可信可靠。

…………

这些或长或短的数字，于他人而言，或许就是一些稀松平常、枯燥乏味的阿拉伯数字的组合，于我，却像一个个丰满生动、有血有肉、可以倾心交流的朋友。她们饱含着一份份浓烈的情感，演绎着一串串动人的故事，承载着 30 个日日夜夜的鲜活历史。

故事简单而又复杂。

4 月 11 日快下班的时候，我突然接到了一个长途电话，是家在荆门的堂妹爱英打来的。她花了 20 分钟时间，向远在长沙的我详细叙说了老家堂妹美瑛的严重病情。

美瑛出生于 1970 年，住在三里城老家。三里城是土家族人文始祖廪君诞生地，被称为“廪君文化之乡”；同时，三里城也是我从未见过的祖父出生的地方。

三年前，美瑛突然得了一种怪病，四肢无力、嘴歪鼻斜，身体不听使唤，导致生活不能自理。我后来才知道，她与大科学家霍金得的是一样的病，虽然治疗条件、手段已不可同日而语，但依旧没有很好的治疗方法。

为了治病，她变卖了所有家当，父母姐妹都耗得山穷水尽，亲戚朋友、左邻右舍能开口的也借遍了，无奈之下才求到了爱英这个远嫁荆门的堂姐门下。可爱英自己打工为生，儿女尚未成人，家境并不富裕，也感到无计可施，这才想到了我这个堂哥。

爱英恳请我无论如何都要帮美瑛想点办法，无论如何都要救她一命，不然只有死路一条。

爱英的电话让我大吃一惊，既感痛心揪心，更感棘手为难。

我与爱英、美瑛她们虽是堂兄妹，其实彼此并不熟悉。血缘上我们是一个进山公公之后，并共烈祖，但传到我们已为七代。特别是我爷爷成人后，跨县到隔壁的鹤峰县成家立业，与三里城相距一两百里，沿途山川阻隔，交通十分不便，加之他在老家也没什么兄弟姐妹，1945 年 40 岁不到又英年早逝，故此我们家与大家族的联系也越来越少，就像断线的风筝一样，一直飘在空中。

二十世纪七十年代，我们才好不容易把断了三十几年的线接起来，但毕竟相距遥远，除了小时候见过族里的几个爷爷叔叔，与绝大多数同辈兄弟姐妹的交往几乎为零，对他们的情状也差不多一无所知。

好在去年端午期间，我灵机一动，在微信上建了一个家族群，慢慢聚集了 100 多个散布在天南海北的族人，联系才慢慢多了起来，否则真要音讯渺渺了。

打电话给我的爱英远嫁他乡几十年，我也从来没有见过，只在微信上互相打过招呼。美瑛也仅仅见过一面。2012 年父亲去世时，她曾与族亲一起前来吊唁，但也没说上几句话。印象中她活泼开朗，爱说爱笑，是当地民乐队成员。微信里知道她生了病，也没太在意，更不知详情。

如果不是爱英这通电话，谁会想到她病得如此严重！

我想，如果不是走投无路，爱英也断然不会打这个电话，告诉我这个远在异省他乡的陌生堂哥吧！

无论如何，我都应该帮帮她。

可我该如何帮她呢？

给个三百五百，或者借个三千五千，我自然还做得到，多了我也拿不起。但相对于实际需要的费用，这毕竟是杯水车薪，并没有多大实际意义。

左右为难之际，我突然想到了“轻松筹”。我觉得，像堂妹这种情况，应该可以通过它来寻求支持。

2015 年 12 月 7 日，通过一个朋友的微信，我第一次接触到“轻松筹”，并向一名陌生的求助者捐出了第一笔爱心款。以后又先后碰到了“爱心筹”“水滴筹”等类似平台，累计起来，也捐了十来次款，每次也不多，视灾情大小病情轻重，50 元、100 元、200 元不等。但想到十来个陌生的朋友得到了自己的帮助，看着平台上自己的爱心值不断走高，心底真有一种满满的幸福感和妥妥的满足感。

只是我没有想到，有朝一日，我和我陌生的堂妹也会借助这个平台，来争取社会各界的帮助。

按我最初的设想，我只需给远方的堂妹出个主意，告诉她“轻松筹”这条途径就行了。我远在外地，委实情况不熟，不好代劳；美瑛自己动手或找人帮助，下载安装一个“轻松筹”App，然后按要求注册、提供材料、提出申请，应该也不太难。等平台审核通过以后，我们多加转发、广泛呼吁，就算大功告成了。

谁知事情远比我想象的要困难得多。

最主要的困难，是这时候的美瑛其实早已不能生活自理，她四肢无力，走路要人搀，吃饭要人喂，说话口齿不清，她与外界交流的唯一途径，是僵直着双臂，用已经严重扭曲变形的指关节，一下一下，在手机上敲出一个个汉字。

而这一切，起初的我，是真的一点都不知道，一点也没想到。

她本来试着自己下载、安装、注册“轻松筹”，谁知竟然没有成功，回头发现连帮忙的人也没有。这年头，年轻人都出山打工闯世界去了，留在家里的都是老老小小。老人们眼耳灵光、会接儿女们打回来的电话已经谢天谢地，会玩手机的大孩子也不多，还大多待在学校里，谁会帮她下载安装“轻松筹”呢！

无奈之下，我决定通过微信，指导堂妹提供证明资料，代她发起“轻松筹”。

也真是苦了堂妹。最终还是靠她自己，用僵硬变形的指关节敲完了几百字的个人情况说明，凑齐了必不可少的证明材料照片，前前后后，反反复复，竟然花了近一周的时间。后来的文字处理、照片提交、平台审核等环节倒很顺利。

4 月 18 日，堂妹的求助项目正式上线；12 时 49 分，我在微信朋友圈第一次转发；12 时 54 分，平台收到第一笔捐款。社会各界的爱心捐助由此启航。

筹款活动进展得非常顺利：4 月 19 日，仅仅一天时间，平台善款就突破 2 万元，目标实现三分之一。4 月 20 日，善款突破 3 万元，目标过半。

4 月 22 日，美瑛在她父亲和堂哥嫂陪同下，启程前往石家庄治病。4 月 23 日，美瑛住进石家庄民生医院。经过一周左右的治疗，病情逐步趋好。5 月 5 日，美瑛在亲人群里发来长长微信，托我们向社会各界表达谢意：

深深地感谢亲朋好友、各位爱心人士对我的大力帮助和支持！再小的爱心再小的支持，也是给我最大的鼓励、最大的希望，也会汇集成爱的海洋！您的无私大爱，真让我太感动，感念不已，只有让幸福的泪花代替我的无语表达！您的宝贵大爱善举，给社会带来那么多的温暖和荣耀！您的无疆大爱我会永远铭记于心底，以后会感恩报答这个美丽温暖荣耀的社会！祝愿所有的朋友们一生平安！

5月15日，筹款进入倒计时，众多朋友掀起新一轮转发、关注、捐助高潮。5月18日，筹款活动圆满结束。平台筹款突破5万元，加上直接收到的红包，总额超过6万元，起码的住院费用有了着落。美瑛在微信上特地转发歌曲《感恩》，表达自己的心情，并留言：

十万分真诚地感谢所有的亲朋好友、所有的爱心人士……

这6万捐款背后，是1000多名爱心人士通过捐赠、转发、关注、“一起帮”等不同途径，表达的一份份爱心、祝福和期许，创造的一个个温暖人心的故事。

遗憾的是，我无法逐一写出他们的故事，逐一表达我的谢意。

因为其中绝大多数人我并不认识。而且，有很多人不但一捐再捐，还选择了匿名捐赠的方式，连微信名都没有留下一个。他们在平台上只有一个共同的名字，叫做“爱心人士”，在我看来，却是一个个“爱心天使”。

有了这些不为名、不为利的“爱心天使”纷纷加入，爱心的雪球，才越滚越大，越滚越远。

思来想去，我决定还是挂一漏万，从不同的群组，选择记录一些有代表性、有特殊意义的片段，以纪念这段难忘的历史！

同学群组。只要有我微信，知道这条求助信息的同学，几乎无一例外都捐了款。有点出乎意料的是，很多同学选择把爱心红包发给我，由我转交，却不肯直接通过“轻松筹”捐助。

其原因，除了不愿在平台上留下名字，一部分人是担心平台的可信度，怕捐款一去不返，好几个同学是先电话找我确认，才发来红包；一部分人是因为微信没有绑定银行卡，或者绑定的是一张没有什么钱的空卡。而没有绑定银行卡的深层原因，也是感到当前网络支付不太安全，选择规避风险为上。特别是身在金融系统的同学，竟然更加谨慎。

学生群组。我曾经从教八年，当年自己也很年轻，比学生大不了几岁。也不知当年的我是不是真的教会了学生一些什么，现在倒是高兴地发现，学生确已遍布大江南北了。好多人我已不太熟悉，他们却还记得我，让人欣慰且感动。作为老师，能够桃李满天下，能被学生记住，也许是最大的幸事吧！

我帮堂妹发出求助信后，天南地北的学生们就各尽所能，以各种形式参与到活动中来，让我再一次感到“当老师真好”！

参与的众多学生中，有两位也许最富特色。

一位是远在上海的张涛，除了捐款，还主动四处打听，帮忙联系上了江苏一家专科医院，多次向专家教授寻医问诊，希望能找到更好的治病良方。

一位是身处南国花城的晓娥。晓娥在老家口碑很好，哪里有难，哪里就有她的身影，她还经常带动身边的人一起做公益。这一次晓娥也不例外，一人前前后后捐了好几次款，每次数百元。她还先后多次在朋友圈和公司发起募捐活动，筹集了相当数量的爱心款。

我深深感到，堂妹的这次求助能够顺利实现，救治能够顺利进行，我的这些可爱可赞的老学生们真是功不可没！

同事群组。前后经历过很多单位，同事自然不少。加了微信的新老同事知道消息，也是纷纷慷慨解囊。

其中，有位叫“小菊”的特殊同事，值得重点说说。

说她特殊，是她本可以不算同事，因为她是我 2004 年带队驻村扶贫时的房东；她也可以算同事，因为当时她是村里的妇女专干，也是扶贫工作队重点培养的积极分子，某种意义上就是工作队的一员。令人欣慰的是，13 年后的她，已是全票当选的村党支部书记，创造性地建有大名鼎鼎的“小菊工作室”，还被评为“最美湘女”“省党代会代表”等。

这次活动中，小菊自己捐款和发动亲戚朋友自然不在话下。更加难能可贵的是，她不但高度关注筹款的进程，还在平台上向捐助者积极发声，或感谢，或劝慰，或引导。特别是她及时出手，跟进留言，帮美瑛消弭了以前与他人存在的小小不愉快，让人好生感动和高兴。

小菊这样的村支部书记，真是太优秀了！

朋友群组。大约因为喜欢交朋结友，几十年来，在同事、同学、学生之外，因为各种各样的缘分，我也积攒了一些圈外的朋友。其中有通过 QQ 空间认识的，有通过微信群添加的，有通过朋友介绍的，还有出差途中火车上偶遇的，不知不觉之间，好多陌生人就成了志趣相投、无话不说的朋友了。

在这里，我要重点讲讲老家的两位朋友。

其中一位，是巴东当地的一位“从七品”官员，其实仅仅几年前见过一面，感觉上却似神交许久。古道热肠和侠肝义胆，大约是他最鲜明的特点。见我发起“轻松筹”，他不但前后捐了好几次款，还马上帮助联系当地党委政府和民政部门，希望能为堂妹提供更多的救助，让我真正见识了家乡领导的卓然风采。

另一个朋友，我连一面也没见过。他的微信名叫“大侠”，自然是有几分侠气的。他转发了我的微信，前后也努力了好几次，想给我堂妹捐点钱，谁知最终也没成功。因为他远在大山深处，不知道如何绑定银行卡，也不知道如何在“轻松筹”里付款，四周也没人可以教他，最后只好不情不愿地放弃，还向我表示了好几次歉意。

堂妹在大家的帮助下，在石家庄民生医院住了一个多月，刚开始病情逐步好转，后来却又变得不太稳定，时好时差。

最近一段时间，根据医生意见，她已带药返回家中，继续治疗和调养。虽然前途依然不太明朗，但她也从这次求助活动中，感受到了社会的温暖，增强了对未来的信心，相信她一定会承载着大家的爱意和期望，一步步坚强有力地走下去。

爱心其实还在继续。

堂妹的求助活动结束后，我似乎也平添了更多的责任感和使命感，又先后参加了“爱心筹”“水滴筹”等平台发起的几次求助活动。

不久前我才知道，我当年的同事之女谭菲菲，也是我看着长大的一个孩子，不幸身患脑瘤恶疾，十多年来一直挣扎在生死线上，也摧毁了一个原本幸福美好的小康家庭。

6 月 12 日，一个重情重义的学生，也代我的同事和谭菲菲发起了“轻松筹”活动，好多我熟悉或陌生的朋友再次汇入了爱心捐助的洪流。我也是第一时间转发了求助信息，第一时间予以关注、证实。

我的好多圈中朋友也因此再一次被发动起来。

根据“轻松筹”平台提供的不完整数据资料，以及由我收转的红包情况统计，截至此时此刻，我有20多位朋友加入了捐助者的队伍中。

考虑到相当多的朋友是匿名捐赠，很遗憾一时难以核实核准，在此，请允许我再一次采取挂一漏万的简单方式，仅把目前所掌握的为谭菲菲捐助的20多位朋友，作为爱心代表一一记录下来，并努力征得大家同意，实名载于本文之中，权作我们永远的感激和纪念吧！

他们的名字是：宋高胜、袁次军、邹华、江嫚、杨军武、谌小菊、刘品倩、张坤祥、田经宝、苏明霞、段江丽、刘光磊、李子慧、殷秀丽、石检罗、谭学应、向会涛、谭学松、申晖、谢丽玲、向言琼、王悦山……

因为这一次亲自发起的爱心捐助活动，我的灵魂其实也受到了一次深刻的洗礼，对这个社会也多了一分体验和认知。

同时我也相信，这一次经历同样会在潜移默化中，积淀在我和每一个参与者的心底，不断生发出新的希望和梦想，摇曳着时代的光泽和风姿。

2017年6月3日

（附记：非常痛心的是，因为病情太重，此文完成不久，文中两位患者——美瑛和菲菲，还是先后离开了我们。但我相信，社会各界和所有朋友付出的爱心和善心都将是永存的）

公交漫话

一

2018 年初，公司刚搬到距家 20 公里以外的尖山，公车改革就开始了，早晚不再有车接送。如何上下班，成了问题。

自己开车？不行不行！

虽然大众化的私车还是有一辆的，驾照也是正儿八经考的，可十多年来，无论用公车还是私车，只要不是万不得已，只要还有一点点可能，我都是宁可坐车绝不开车的。在我看来，开车需要眼观六路耳听八方，哪有坐车来得自由和潇洒呢？如果不开车，睡大觉、听音乐、观风景、侃大山，可不都由着我吗？真要自己开车上下班，即使不堵车，半个小时以上的单程时间，是刨子都刨不丢的！光想一想，我就感到一种深深的痛苦！

叫车打的？开什么玩笑！

按高德地图上经济型用车的报价，最便宜的都要四十七元，还是优惠价；最贵的要六十六元，贵了近二十元。即使坐最便宜的，即使每次不超一分钱，每月二十二天来回，最少也要两千元以上的车马费了。可打过车的都知道，谁敢保证每次都能约上最便宜的车，又有几次是不超报价的呢？

开车不愿意，打车又太贵，怎么办？坐公交？

感谢专业的高德。你只要输入起点和终点，她就会明明白白给你标出可供选择的线路和站点，包括换乘方案、耗用时间、步行导航等等。探究一番后我惊喜地发现，家与公司刚好都在某条公交线路的首末站附近，中间只要换乘一次。这预示着在一般情况下，特别是不在高峰期的时候，上车是不缺座位的，虽然这于我而言，并不算什么利好。时间嘛，自然是长点，一个半小时左右。可鱼和熊掌不能兼得呀！所以，管他呢，路上多耗点算哒！

而且公交便宜！如果弄张公交卡乘车，就可打七折，来回一天只要五块六，那么一月只要一百二十多，一年不到一千五，十年不到一万五，百年不到十五万……哎哟，省了不就是赚了嘛！

于是我决定：上下班，坐公交！

二

半年多公交车坐下来，我发现，坐公交岂止省钱，简直是好处多多，数不胜数，赚大发了呢！

比如，它会催你早起。如果起得晚一点，特别是越接近上班高峰期，路上就越是车多人多，公交就开得越慢，停靠上下的时间也就越长，晚起五分钟，就很可能晚到十五分钟甚至更久，如此下去一个半小时就难打住了。为了八点半前到达公司，你就必须七点前出门，为此就必须六点钟起床，毕竟起床以后，还有洗漱整理一大堆事儿呢！真是一环套一环，想睡懒觉？没门！

比如，它可以让你多立多动。过去十几年来，感到自己越长越胖，原因也知道，就是吃多了动少了，解决的办法自然就是少吃点多动点，可贯彻落实起来很有困难，因为没有动机也没有动力，怎么动呢？谁知今年一开始坐公交，这个问题就不知不觉解决了不少，起码体重减掉十斤了。

从家门口到公交站这一段，无论来去，我都必须老老实实走上十来分钟；在公司端，只要你愿意，只要不下雨，你也可以主动选择到另一个稍远的街口下车或坐车，这样可以多走上十来分钟。如此两两相加，每天自觉不自觉就会走上三四十分钟，走上数千步了。

早晨上班时，只要走得早一点，绝大多数时候，是会有空座位的，但你如果是按时下班，九成会遇上人流高峰，绝大多数时候与座位无缘。而且不管是公交还是地铁，除非需要特殊照顾的人群，不会有人给你主动让座。这于我，倒是无所谓，因为正好可以借此多站站、多动动。如果谁想多动多立，不妨一试。但如果是老人或孕妇，还是建议另觅良策，比如推迟出发时间等等。

坐公交的第三个好处，是让我拥有了大把的听书时间。每天在公交车上摇摇晃晃几小时，车里车外确实也没有什么好看的，这么多的时间如何“浪费”才好呢？我的办法是听书。去年年中，我在罗胖子的“得到”App 买了一年的听书卡，一天一块钱，好书随你听。但去年并没有怎么听，因为上班时间是不好听书的，早晚有车接送，在途时间比较短，也没有听出什么名堂，基本上算是白白“浪费”日子和银子了。今年因为每天都要坐公交车，有大把的时间需要打发，正好可以戴上耳机听书，自得其乐了。

一般而言，一本书的介绍都在二十分钟左右，所以上下班单程，我基本上都可以听完两三本书。当然啦，因为是听书，蛮好的效果自然是不会有的。但毕竟开卷有益，听书也一样，只要你不过分苛求自己。比如听了《菊与刀》，我知道了日本根深蒂固的“耻感文化”，知道了日本人为什么不能像德国人那样坦诚认错；听了《鸡征服世界》，知道了鸡为什么会遍布全世界，成为人类最重要的动物伴侣，并在各大宗教里占据重要席位，真是让人脑洞大开，对鸡的成功充满膜拜之情；听了《大而不倒》，明白了 2008 年次贷危机时，美国政府为什么见死不救百年老店雷曼兄弟，五天之后却又注资七千亿美元，看似矛盾地救了美国保险业巨头 AIG（美国国际集团），因为它已经大到不能倒、倒不得的地步了！印象更深的是，为了争取国会通过注资法案，美国政府三号人物、时任财长的保尔森竟然不惜单膝下跪，恳求参众两院议长出手相救。

而这一切听书的收获，都来自公交车上。

与此同时，我还意外发现，公交车上其实也是可以处理公务或者私务的，比如说，可以用来写诗。我在老家有几个同学，也算是文朋诗友，年纪不轻，诗心不老，常有唱和之举，且都是立马可就的高手。我才力不济，轻易不敢吱声，但点将之下，有时候也只好勉为其难，其中有好几次作业，就是在公交车上完成的。

今年五月中旬，希白同学热情来访，且以一阕已经写好、裱好的《水调歌头》条幅相赠。面对如此雅礼，无论如何，都应该回赠一首。第二天早上一上公交车，突然想到今天就不要听书了，赶快写诗回诗去，而且决定步原韵，给自己增加一点难度！说来也怪，车子摇摇晃晃，倒也不影响诗兴，一些诗句自然而然流了出来，变成了手机上的文字，中途换乘时，诗句就基本凑完整了，于是赶快跟帖在朋友圈的原诗后面。刚准备舒口长气，却发现远宏师兄早我五分钟，已经贴上了他的《水调歌头》大作。

我虽然屈居第二，但在师兄面前，却也是心悦诚服。师兄好诗才，一天一阕，优质高产，这其实还不算什么。其厉害之处在于，“巴东教育现象”当年正是在他手上打下根基，成功开启了闸门，且一直奔流不息至今。试想一想，一个国家级贫困县的一中，每年都有十数人考取北大清华，很多发达地区的县市区都难望其项背，这才是真正无法复制和超越的奇迹呢！

总而言之，选择公交车上下班，实在是好处多多，收获多多。你不相信？要不试试看？

三

因为选择坐公交，我还第一次发现：长沙竟然有免费公交。这真是一个有价值的发现，为我的公交之旅增添了很多色彩。

这缘于在中途换乘站，我发现虽有一趟公交可以直达公司门口，但运行车辆却比较少，等待时间也比较长，有时候出门晚了，等车换乘时就有点担心久候不至，导致迟到。有没有备选和可替代方案呢？

通过研究站牌我发现，在换乘站还有一趟高新区通勤车，其中有个停靠点，距公司只隔着一个街口。我想，与其苦苦等上一二十分钟，倒不如先坐车到街口，下车后再走上十来分钟也是可以的，起码可以锻炼身体嘛！

那一天，我第一次上得车来，老老实实掏出公交卡，却找不到刷卡的地方，忙问司机何处刷卡，司机回了句什么，也没有听清。这时才有人告诉我：这是高新区免费开行的公交车，不用刷卡的。后来我发现，公交站牌上其实也标了“免费”两个字，只是比较小，不太醒目，容易被忽视。

明白了真相，我真是好生激动：自己过去在财政部门工作十几年，天天讲公共财政，讲均等化服务，没想到今天在长沙的公交车上，真正享受到了免费公共服务的灿烂阳光。

此后的日子，只要不下雨，或者时间宽松，或者两路公交同时到达的时候，我就会尽量选择坐这趟免费公交。既能免费乘坐，还能步行锻炼，何乐而不为呢?

四

回想起来，待在长沙的二十多年，我不但享受了长沙公交提供的服务，同时也算见证了长沙公交事业的发展历程。

记得刚到长沙时，全市没有几条公交线路，比如在河西麓山南路上，似乎就一条 5 号线，从溁湾镇到中南工业大学；从河西过桥到河东的，也似乎只有 6 号线和 12 号线，一条到东塘，一条到火车站；运行的车辆也是破破烂烂脏兮兮的；那时候大行其道的是中巴，每天在人流车流中旁若无人地穿插狂飙，让人心惊胆战；专线车也还是新生事物，刚刚冒头不太久。其中最牛的自然是立珊专线，从中南工业大学开到火车站，车也多车也好，票价也贵了不止一点点，坐上一次，都觉得有几分荣耀。

印象中长沙公交的发展，是伴随着湖南巴士和龙骧巴士两家公司的先后成立逐步驶入快车道的，连“巴士”的名字都充满了洋味；各种各样的专线车也越来越多，它们连起城区的东西南北，极大方便了市民的日常出行。以前我因为工作和生活的范围主要集中在一个院子里，平时坐公交车的时候不太多，但也知道就在大院的四周，通往四面八方的公交线路在不断增加，比如东塘和汽车西站之间的 314 路，劳动广场和火车站之间的 108 路，汽车北站和火车南站之间的 159 路等等，都是打自家门口通过的，要出行很方便。

后来，随着 2014 年长沙地铁二号线开通、2016 年地铁一号线和长株潭城际铁路南线开通，2017 年城际铁路全线开通，长沙的公共交通又进入了一个崭新的时代。

这种发展和进步其实每天都在发生。

公司乔迁新址半年多以来，我发现经过公司门口的公交线路，不知不觉就从年初的三四条增加到了七八条，公司南边的那个街口，增加的线路更多，其中有几条线，刚好串起了我家和公司之间的不少站点，给我的出行带来了更直接的方便。当我在换乘的时候，无论是想直达公司门口，还是想在街口下车步行一段，可供选择的线路越来越多，需要等待的时间也越来越短，估计用不了多久，就可以实现随到随走，再也不用担心迟到了。

这样看起来，公司实行公车改革、我选择公交出行以来，真是沾了长沙公交不少光了！

那么，该怎样谢谢你呢？

最简单的办法，也许就是做你的铁杆粉丝，坚定不移地继续坐下去。我这样想。

2018年8月12日

家乡的天路

一

这里的山路十八弯，这里的水路九连环；
这里的山歌排对排，这里的山歌串对串。
十八弯，弯出了土家人的金银寨；
九连环，连出了土家人的珠宝滩。
没有这十八弯，就没有美如水的山妹子；
没有这九连环，就没有壮如山的放排汉。
十八弯，九连环；十八弯，九连环，
弯弯环环，环环弯弯，
都绕着土家人的水和山……

1999 年，风风火火的李琼以一曲高亢明亮火热的《山路十八弯》，唱响了大江南北，也让那遥远的鄂西土家山寨，向世人洞开了一扇新的神奇神秘的门扉。

随着李琼的独特歌声，家乡的武陵山、巫山、大巴山等一座座巍峨的大山，长江、清江等一条条神奇的大河，连同那一切的一切，似乎向着你，扑面而来，入眼，入心，入脑。

遗憾的是，歌中的世界虽然美好，却依然只是词作家眼中的山寨，土家人的现实生活远没有如此的诗情画意。

对于鄂西土家人来说，诗化的“十八弯”和“九连环”，现实中其实是连绵不断的上坡下坎，是翻山越岭的左右盘旋，是“望山跑死马”的近在咫尺，是一山更比一山高的“蜀道难”，是你似乎永远也别想走出去的绵延不绝的群山大川。

土家之困，首先困之于山。每次出山，都无异于一次艰难的长征。记忆中的首次武汉之行，便让我深味其苦其难。

二

那是 1987 年的一个冬日，借央广和北外“广播英语函授课程”结业之机，我第一次走出山外，赴省城武汉赶考。

那天凌晨四点刚过，我匆匆挤上了每天唯一的一趟班车，从任教的巴东四中所在地杨柳池出发了。不久前下过大雪，街上时见还没化完的大小雪堆，车厢里也寒气逼人，让人不得不缩着脖子。

客车低鸣着马达，在晨雾朦胧中缓缓爬升，先小心翻过遍野皆白的大山垭，然后一路盘旋而下，渡过茫茫清江，再哼哧哼哧爬上寒风萧萧、积雪盈尺的草池堂，一路溜滑到野三关的杨叉坝，准备换车时，已是半天过去了。

那天的运气似乎不太佳，从成都、重庆、恩施等方向前往武汉的客车竟然趟趟满员，任凭我等企立北风，翘首热望，招手频频，它们却视而不见，屁股上吐着热气，扬长而去。路边污黑的雪泥更趁我们不备，乱溅人一身，让人又气又恼。

也不知等到午后何时，我才终于赶上一辆肯停下来载上我的客车。当然，只有站票。好在走前受同事之托，要将一床棉被带给武汉的亲人，那床捆成方块并有弹性的棉被，便成了我栖身客车过道的上等座席，陪着我一路颠簸前行。

那一天，客车沿着千山万壑间的老 318 国道逶迤东行，一路都是爬不完的坡，下不完的坎，转不完的弯，更有担不完的心。等到百转千回，终于钻出崇山峻岭的腹地，渐渐进入平坦的江汉平原，天色已经暗了下来。

但见四野苍茫、灯火明灭中，我们的客车“嘎”的一声，停进了一家院子。那地名叫“董市”，枝江所辖小镇，距武汉尚有 300 公里之遥，故此我们不得不在此留宿一晚。

第二天的车上依然拥挤不堪，一路挨到潜江，才好不容易在最颠篼的后排抢到一个正式座位，不用歪在过道上左摇右晃了。临近傍晚时分，才终于抵达武汉。

遥远的省城，崎岖的国道，幸运的棉被，无奈的留宿……充满酸甜苦辣的这一切，让我对首次出山之行记忆犹新。

三

鄂西土家出行难，难在交通实在太落后。我因远在异地他乡，回家之路也就变得更远更难，窘迫得让人难以置信。

记得当年扎根潇湘，重新就业后，有事需要回家一趟，前去请假时，我就遭遇过一段难忘的往事。

人事部的李主任是位美女，问清我回家的缘由，又知我家在外地，便豪气地一挥手：好吧，准你一星期。

我斩钉截铁地告诉她：不行！一星期只够我在路上跑！

李主任忽闪着美丽的大眼睛，不敢相信似的看着我，就像突然发现面前多了个外星人一样，疑问更像连珠炮一般，“咚咚咚”射了过来：什么？一个星期只够你走路？你到武汉有多远？你知不知道一个星期可以从美国打个来回？

我只好苦笑着告诉她：问题是，我的家在鄂西不在武汉呀！我那老家，真比去美国还远、还不方便呢！你若不相信，我请你前去实地考察一趟！

见李主任将信将疑，我便扳起手指头，向她一一详解回家之路：第一天从长沙到石门，第二天从石门到鹤峰，第三天从鹤峰赶到巴东金果坪……

然后呢？李主任忍不住追问。

然后再步行半天，从拉萨河谷的金果坪集镇开始步行，一路爬到珠穆朗玛峰脚下的鄢家墩，回家吃晚饭呀。我半开玩笑半认真地说。

李主任似乎找到了破绽：那来回也只需六天呀？

我释疑道：返程时需提前一天赶到集镇住下，才能赶上次日凌晨四点就出发的班车，时间上便多了一天，加起来就是整整一星期！

李主任听信了我的解释，自然多给了几天假，以后也比照办理，还不时会笑话我一句：你的家，真比美国还远！

其实我并没说半点假话。一个星期，已是我所需的最短在途时间。

我也一直在想：何时才能回家不比出国难呢？

四

幸运的转机出现在二十一世纪之初。

2003 年 12 月 1 日，数省百姓苦等苦盼百年之久的宜万铁路，在规划中的恩施火车站，举行了隆重的开工仪式。

2004年8月20日，沪蓉西高速公路宜昌至恩施段，也在恩施市白杨坪镇正式开工。

于鄂西土家人而言，这是两个永载史册的大喜日子！

当然，更须加上的，是特别漫长的等待和盼望后，它们胜利通车的日子。那就让我们一并记住它们吧：

2009年12月19日，历时5年余的沪蓉西高速公路建成通车；

2010年12月22日，历时7年余的宜万铁路建成通车。

民间有句俗话，叫做福无双至。可谁也没想到，一条铁路，一条高速，竟然犹如两条并行的巨龙，赶趟儿一般，一下子全游进了武陵大山。

而我更感幸运的是，它们都在距我老家最近的野三关设了车站或出入口。

我回家的路，明明白白地变近了！

那年年底驱车回家，第一次不走弯来绕去、翻山越岭的国道318，第一眼看见并穿过“沪蓉西”横跨公路的巨大牌匾，第一步驶上它那宽阔、平坦、簇新的柏油路面，真是别有万千情愫在心头。

毫不夸张地说，它也是我漂泊异乡20年的苦苦期盼啊！

不说别的，单说从今往后，我的回家之旅就会由以前两头黑的三四天，变成如今的八九个小时。

这该是一种何等的巨变呢?!

五

没等我从最初的激动和喜悦中回过神，小车已“呜呜”欢叫着，飞快驶进了殷家岩隧道。

这是沪蓉西高速的第一座隧道，长不足 2000 米，却像一张价值不菲的门票，引导我们进入了长达 320 公里，由一座又一座桥梁和隧道组成的交通大观园。

据新闻报道，沪蓉西高速有桥 342 座，隧道 44 座，桥隧占比 51.62%，宜恩段更是高达 60%，不得不让人一次次叹为观止。

一年后通车的宜万铁路，同样是桥隧相连，共有桥梁 253 座，隧道 159 座，正线桥隧占线路总长的 74%，可谓雄视天下，无与伦比。

宜万和沪蓉西，都是各自领域首屈一指的“桥隧博物馆”。其中从长阳榔坪到巴东野三关，短短 40 来公里，更是挤满一座又一座顶级桥隧精品，就像一串钻石项链，熠熠生辉。

这里有宜万线最长隧道，长达 13800 多米的野三关隧道；

这里有世界最高桥墩，龙潭河特大桥主桥墩高达 178 米；

这里有世界最长人工挖孔桩，深达 98 米的水南特大桥 8 号挖孔桩，相当于往地下掘进 33 层楼；

这里有世界最大跨径上承式钢管拱桥——支井河特大桥，长

545.54 米，主跨 430 米，各方面施工条件极为困难，施工方法亦为世界首创；

…………

要说这串钻石项链上最最闪亮的明珠，自然非四渡河特大桥莫属，因为它一身就独揽了三项“世界冠军”：主跨长 900 米，悬索桥中世界首座；桥面距谷底 560 米，相当于 200 层楼高，分别超法国米约大桥和美国皇家峡谷大桥 307 米和 290 米，高居世界第一；为连接大桥两岸，建筑工人们用火箭把两根 1000 多米长的先导索抛送到峡谷对岸，亦开世界建桥史先河。

这一处接一处的建设奇迹，造就了雄奇瑰丽的沪蓉西和宜万，也抓牢了沿途百姓、四方游人和过客的心。

有趣的是，头几回走沪蓉西，我还曾试图逐一记下每座桥隧的名字和长度等，后来发现那简直是徒劳。那桥梁，那隧道，实在是太多、太密、太长了，多得让你实在记不清，密得让你生怕一眨眼就会漏掉一两个，却又长得让你心神疲倦，眼皮只想打架。

试过多次失败后，我才悄悄放下此等执念，只去欣赏沿途风光了。

六

虽然十余年来多次经过宜万和沪蓉西，但每次经过，还是会被它们一次次震撼。它们地处高度远不及青藏的鄂西高原，却创造了诸多超过青藏天路的第一，不能不让人产生深深敬意。

它们造价最高。平均每公里造价 6000 万元以上，是青藏铁路、京珠高速等项目两倍多，均创下铁路、公路建设之最。

它们耗时最久。全长只有 377 公里的宜万，历时 7 年才建成，远超平均工期；320 公里的沪蓉西，从筹备到建成开通，同样耗时 7 年。而青藏铁路从格尔木至拉萨长达 1142 公里，也只不过用了 6 年。

这一切，源于它们的核心之“最”：工程最难。

在地质专家眼里，成昆线是“地质博物馆”，南昆线是“地质迷宫”，内昆线是“地质百科全书”，而宜万和沪蓉西经过的武陵山区，70% 地段位于岩溶强烈发育的喀斯特地区，则是举世公认的工程“禁区”，其地质之差、情况之复杂，远超上述三线，难以找到合适的词语来形容。

是故川汉铁路从清朝就开始谋划，却拖了整整百年难以动工。二十世纪六十年代，正因齐岳山隧道等工程为当时技术所不能及，重启计划才不得不再次搁浅。

就是在技术大为进步的今天，处于号称“基建狂魔”国度，在这样恶劣的地质条件下施工，也无疑“太岁头上动土”，过程中险象环生甚至灾难频仍。

姑以宜万铁路最长的野三关隧道为例吧。

野三关隧道被称为“世界地质博物馆”，沿途通过近 20 条断层，穿过 6 条地下暗河及多个岩溶管道，建设者们攻克了 76 处岩溶岩腔，战胜了 88 次突泥突水……

也许在绝大多数人眼里，野三关隧道的施工难度已经齐天了，但其实，如果拿它与名列宜万线八大高风险隧道之首、被称为建在“地下长江”上的马鹿箐隧道相比，与先后揭示出巨型溶腔 52 个、其中 1 号溶腔被称为“亚洲最大隧道岩溶”的龙麟宫隧道相比，与总共耗时 6 年、平均每天只能掘进 5 米、最后 240 米竟然挖掘了一年的齐岳山隧道相比，却依然不过是小儿科罢了。

从青藏线转战宜万铁路的常务副指挥长朱鹏飞曾深深感叹：“青藏线只是挑战人的生理极限，宜万线设计难，施工难，管理更难，风险无处不在，挑战人的生理、心理和每一根神经。”

七

更为重要、更不容忽视的是，这些看起来枯燥、乏味甚至冰冷的数字，其实饱含着一滴滴或咸或苦的汗水或泪水，更凝固着一腔腔宝贵的热血，甚至一条条鲜活的生命。

让我们强忍悲痛，举几例宜万线曾经的灾难吧。

马鹿箐隧道是中国铁路建设史上最大涌水隧道，前后共发生 19 次特大突涌水，曾 8 个月内 5 次突水。比如 2006 年 1 月 21 日 10 时 50 分，该隧道突发涌水，水头高达 3.5 米，15 分钟涌水 18 万立方米，导致 11 名工人被困。岂料救援未完，24 日再次透水，工人不幸全部罹难。

2007 年 11 月 20 日 8 时 40 分左右，在高阳寨隧道口，3000 多立方米的巨大岩体突然坍塌，从天砸向 4 名现场工人和载有 32 名旅客、恰巧从隧道下方 318 国道经过的大客车，造成 35 人不幸遇难、1 人受伤的惨剧。

每次事故，无不让山河变色，天地悲鸣！

有人说，每个享受宜万和沪蓉西便利的人，都应该向当年的建设者深深致敬。

其实，更应为这两条天路，为所有筑路英雄，立一座碑。

为路，为筑路英雄立碑，史上不乏先例。在宜万和沪蓉西都经过的野三关，在其交通枢纽杨叉坝街头，七十年代就立有一座高高的“川汉公路纪念碑”。因为大哥也是当年的建设者之一，每次经过，我都倍感自豪，顿生敬意。

宜万似乎没为全路立碑，只是在最后打通齐岳山隧道时，在隧道口竖了一块巨石，上书“宜万铁路高风险隧道群建设纪念”；沪蓉西则没找到任何信息，不好判断。如果此前没立，真希望有人能补上一块。

不为别的，就为我们能永远记住这些把汗水、鲜血甚至生命献给这两条天路、有名甚至无名的英雄、烈士和死难者！

八

到 2020 年 12 月，鄂西进入高速公路和铁路时代已分别达到 11 周年和 10 周年，仿佛弹指一挥间。

这两条天路对于鄂西的意义，正在不断显现。其好处绝非一篇短文能够说清。不说别的，单是对旅游业的巨大拉动，就值得大书特书。

据官方统计，从 2009 到 2019 年的 10 年间，前来恩施的游客增了 10 倍，旅游收入增幅更高，达 18 倍。2019 年，来恩施的游客达 7118 万人次，是本地人口的 17 倍。

这真是一个喜人又惊人的数字！其背后隐含的巨大的政治、经济、文化、社会等意义，更是不言而喻。

因为有了这两条天路，“仙居恩施”终于走出深闺，名气也变得越来越大，恩施大峡谷、利川腾龙洞、巴东神农溪、建始地心谷、鹤峰屏山峡谷、宣恩狮子关、咸丰坪坝营、来凤仙佛寺等一大串风景名胜区早已名闻遐迩，旺季更是人满为患，一床难求。

在我身边，也有不少朋友纷纷慕名前往鄂西，有的还希望我去当导游，让我心里痒痒，却又有几分紧张，生怕家乡的接待能力有所不济，愧对了五湖四海的信任。

如果没有这两条天路，这一切，怎么可能实现呢？在我看来，对它们的评价无论多高，都不算过分。

相继进山的沪蓉西高速公路和宜万铁路，过去十多年带给鄂西的，无疑是前所未有的历史性巨变。

九

当然，也有对这两条天路不太满意的，比如岳母。

岳母家在湘中丘陵，娘家有高高的祖师岭，婆家有巍巍的大乘山，也算见过大山的人，但自从做客鄂西，走了几趟 318 以后，觉得武陵才算真正的大山，永远也看不够。

谁知“沪蓉西”通车后，出了隧道是桥梁，过了桥梁是隧道，再也看不见当年的千山万壑，也没有了数不清的峰回路转，岳母便觉得少了惊险刺激，没啥看头，太不过瘾了。

我只好赶紧表态，一定专门找个机会，陪她再走一次国道 318，保证让她看个够。

所谓“不满意”云云，当然是开玩笑的。女儿女婿和宝贝外孙女回老家再也不用三五九转，路上耗个把星期，安全系数也大大提高，老人家高兴都来不及呢！

我其实也不紧张。要满足岳母这个愿望，没有半点难度。

因为除国道318伴生了“宜万”和“沪蓉西”，另外几条可选择的回家之路都还没通高速和铁路，需要千里迢迢翻山越岭的公路多的是！

十

回望十几年风风雨雨，虽然步履维艰，家乡却从未停下，也不敢停下“逐路”之旅。“沪蓉西”和“宜万”不过是拉通了州北的巴东、建始、恩施、利川一条线，州南的宣恩、鹤峰、咸丰、来凤四县，依然一片空白，嗷嗷待哺呢！

经过数年鏖战，2014年底，可谓鄂西第二条高速、全长157公里、共有133座桥梁和隧道的“恩来”（恩施—来凤）、“恩黔”（恩施—黔江）通车，让宣、咸、来三县搭上了高速飞驰的出山快车。

高速“孤岛”，唯剩鹤峰。

鹤峰因城后诸峰如鹤飞翔而得名，因为偏于一隅，交通极为落后，是全国少有的“五无”县（无铁路、无高速、无国道、无机场、无水运）。早日打通出山之路，为全县切盼。

数不清的艰苦卓绝，说不完的浴血奋战，2020年7月16日，全长 48 公里、共有 45 座桥梁 18 座隧道、桥隧占比 61.2%、连接恩来高速、通向州城恩施、全省最高海拔的宣鹤高速终于通车，鹤峰由此迈进了高速俱乐部。

大名鼎鼎的“中国仙本那”——风景绝美的屏山躲避峡，总算可与四海宾朋轻松愉快握手了！

铁路也在不断伸展。

2019 年 12 月 26 日，全长 336.3 公里，共有 196 座桥梁、100 座隧道，桥隧比高达 78.1% 的黔张常铁路，把地处边陲的来凤、咸丰带出了鄂西，带向了远方。

来凤站附近有个村子，名字挺有趣，就叫“讨火车”。村民们做梦也没有想到，有朝一日真会“讨”来火车。

在既有宜万线上成功打造了铁路新亮点的，是建始。

2020 年 10 月 1 日，由恩施开往汉口的 D5982 次动车首次停靠新建的高坪站。建始县不但成为州内首个拥有两座车站的县，更为风光奇绝、重金打造的“恩施地心谷”建了一座“专门”的火车站。

“地心归来不看谷”，梦想振翼不是梦！

它的更大的意义，或许在于异想佳构的成功。

高坪站比邻巴东站，公路不足 50 公里，铁路不足 30 公里，却能破除万难，横空出世，说明“金建始”成色很足，名不虚传。

发展需要“金点子”。某种意义上说，建始和高坪站是一个发展范本，彰显着成功的谋划、运筹与落地的能力。

而作为游子，唯有期盼和祝愿。

（谨以此文纪念 2020 年 12 月开通 11 周年的沪蓉西高速公路、开通 10 周年的宜万铁路和全面开建的沿江高铁）

2021 年 12 月 31 日

土家的年与年关

一

眼见牛年春节将完，不觉想起了“年”与“年关”。

据说很久很久以前，有种头长尖角、凶猛异常、名字叫“年”的怪兽，平时深居海底，除夕却爬上岸来，专门吞食牲畜，伤害人命，因此每到除夕之时，大家就被迫扶老携幼，逃往深山，以避“年”的伤害。

有一年除夕，大家又准备像往常一样逃跑，村里却突然来了一位白发老人，建议大家留下来，说他有办法对付“年”。

夜幕降临，当“年”如常闯进村子准备肆虐的时候，却发现村里灯火通明，有位白发老人身披红袍，挡在了它的面前，四周还传来一阵阵震耳的爆炸声。

“年”大吃一惊，赶快仓皇逃窜，再也不敢来了。

原来，“年”最怕红色、火光和炸响，白发老人便用红袍、灯火和燃烧时“啪啪”爆响的竹子吓退了它。

另有一说，是“年”其实并不伤人，不过是想带着儿子“小年”，来到人间看看稀奇，瞅瞅热闹，只因长相有点狰狞，才被人闹了误会。

想想也有点道理。如果“年”要吃人，每天都可以，何必非要等到除夕之夜？惯于以貌取人，倒一直是人情之常。

许是以讹传讹，反正从此以后，每到除夕，家家户户都会贴上红对联，挂起红灯笼，燃放烟花爆竹，灯火通明中驱兽守岁，最后便成了中国最隆重的传统节日——过年。

二

这些“年”的故事，是我长大后从书上读到的。小时候，每到年根，母亲说得最多的一句话，却是“小孩望过年，大人望种田”。

所谓“少不更事”，那时的我并不解其中深意。现在细加琢磨，还的确蛮有道理。

因为过年之时，孩子总可尝到些父母买回的好东西，比如又甜又粘的糖果、撒有芝麻粒的圆饼等。如果没钱买回这些“高级美食”，还有猪脑壳中那一大坨咸咸的“核桃肉”，大公鸡身上那嚼起来绵绵的大肥腿。

年景或者运气好的话，甚至还有可能意外得到一本盼呀盼、盼了许久的小人书，或者其他什么平时难得一见的稀奇玩意儿。如果还能添上一件新衣，像包袱一样包住其他衣服上的大小补丁，那就更加美滋滋了。

那几天如果浑身发痒，甚至故意调点小皮，父母瞪几眼吼几声就算是严重警告，而且说不定眼角还悄悄含着笑，鞭子是不会真的抽上身的……

试想一下，这样的“年”，哪有孩子不欢欢喜喜、翘首以盼的呢？

可大人就不同了。

一年忙到头，辛辛苦苦挣来的几块余粮款，多在年关到来之时，跺脚咬牙之中，变成了一包白糖、一壶烧酒、一封饼子或者一斤煤油、一挂鞭炮等“年货”。如果还有钱为一家老小置上一件新衣两双鞋袜，这样的一家之长，就绝对不止让人羡慕嫉妒了。

这些东西其实都稀松平常得很，就像如今在菜碗中长期滞销、孩子们常不待见的大鸡腿一样，在当年，却是一家老小一年到头的念想，还是凭票才有的，怎能不买回家来呢？

如此这般下来，往往年没过完，就已囊空如洗了。

是故每当新年到时，大人们盘算最多的就不是好好歇息，而是快点开春，早点种田，等秋天有了好收成，老老少少眼巴巴期盼了一年的“年货”，又才有着落呢！

于是隐约觉得，大人们的“年”其实远没小孩子们好过，自然也没有孩子们那般日思夜想。

三

在老家，“年”也叫“年关”。意思很明显，过年就像“过关”一样。

进了腊月，“年”便越来越近。家境好点、顺点儿的，田里劳作到腊月二十四的“小年”就可以收工，开始忙屋里的“年”。“长工短工，二十四的满工”嘛！打扬尘、杀年猪、磨豆腐、熬苞谷糖等种种过年的准备，都是从那天正式开始的。

但家境贫寒甚至不幸欠下粮款的，即使过了小年，也不敢安安心心忙年，因为说不定就有债主登门，你还要觍着笑脸，向他说不尽的好话呢。

只有到了除夕之夜，你才敢悄悄松口气，吃顿“团年饭”。在民间，腊月三十是不兴讨债的，无论还欠多少，都请年后再说。

当然，说不定也有自己“一时被磨子压住了手”，或者不太讲“武德”的债主，腊月三十也会上门甚至堵门要债。

这也是民间“最高等级”的要债方式，算是撕破脸皮、没有退路了。

有债还不起，总是自己理亏，可实在无钱无米，也觉得无脸见人，只好提前一天两天，马马虎虎团个“年”作数，腊月三十赶紧躲出去。

土家族以前流行“赶年”，说不定就是这么来的。

好在我小的时候，父母和几个成年哥姐都很勤劳，虽然家大口阔，每年勉强还有余粮余款，“年关”前上门讨债的不多，也没有“赶年”经历，其实并不太知道“年关”的滋味。

四

没想到的是，这几年的“年”，倒真成了让人难过的“关”。

记得鼠年时，因为新冠肺炎暴发，我们腊月二十八才回老家，正月初一就回了长沙，只在家短短地陪了母亲几天。

原本以为，战战兢兢的鼠年过去后，牛年春节会名副其实地牛起来。没承想，它也是一头弱不禁风的“牛”。

去岁入冬以后，新冠疫情在不少地区卷土重来，东北华北相继告急，白衣天使再度驰援。

心也再次悬了起来：今年这“年”如何过？能过好吗？

唉，都是“新冠”惹的祸！

心底好希望，疫情早点过去，如此“年关”也早点绝迹，每家每户每个人都能好好过年，而不是像过关一样。

2021年2月25日

消逝的早点摊

单位地处高新区，不远处有家公园。

公园不大，也不算小，好在有山有湖，不但山清水秀，而且山环水绕，加之沿途亭廊错落，方便游人歇息，总体还算精致，常招得游客如织，流连忘返。

连接单位和公园的，有条不太宽也不算窄的马路，两边则占据着好几家大名鼎鼎的高科技企业，办公大楼都挺光鲜；进进出出的也多为年轻人，感觉颇有生气。

沿线还有几处建筑工地，塔吊高耸，机器轰鸣，时见工人进出，估计不用多久，又有若干高楼大厦拔地而起了。

那条马路，是我去公园散步或曰快步的必由之路。

一般情况下，早晨六时许我从宿舍出发，沿马路大踏步行进两里许，再右拐几百米，便进了公园。

沿湖兜上一圈，到入口处再原路返回，全程七八里，耗时需七十来分钟，可走上七千多步，出上一身大汗，一天的锻炼任务就算完成了。

当然，也不全是大踏步走路。手机在手，同时听歌听新闻，在“学习强国”上挣积分，何乐而不为耶？

如果看到桃红柳绿，碰到朝云暮雨，我也会忍不住打开相机，边走边拍。

说起来，这条路线我已走过了无数遭，但似乎每次都会有些新的发现，值得我用镜头记录下来。

今年以来的最大发现，是在我每天早晨经过的马路这一侧，距一建筑工地出入口不远，多了两个早点摊。

两位摊主都是皮粗肉糙、装扮普通的中年女性，看样子就饱经了风霜。摊子也是由手推车改造而成，其间隔不过米把，估计两人是比较熟悉的朋友。但似乎为了避免竞争，她们一个卖包子馒头，一个卖油条油饼。

她们的主顾，自然就是附近工地的早班工人。时见戴着安全帽的工人在摊前停下，油纸卷起几根油条，或抓上几个包子，再端起一杯豆浆，边吃边吸，往工地里面走。

我没太注意到她们何时开始在这摆摊，也不晓得她们每天何时开摊收摊，只是每天清晨从此经过时，她们早已支好车架开卖，返回时却已不见了踪影，估计前后就摆了一两个小时。

不过经过摊点时，我也未曾放慢脚步。我不用买她们的早点，她们也不过是城市常见的万千摊主之二，既然卖早点，就肯定要赶早，这有什么特别的呢？

后来，我休假外出，见各处就业形势都较严峻，街面上闲置关闭的铺子不在少数，开张店主也常唉声叹气，心中戚然，想起了那两位摊主，觉得该去问问她们的故事，也为她们照张相，记录下她们的摆摊生活。

未曾料到的是，等我休假归来，恢复晨走，揣着这样的想法，兴冲冲抵达那处路口时，却发现现场只有一个摊点了，好在有个熟悉的身影，正在车前弯腰忙着。

我不知发生了何事，决定先把眼前所见悄悄拍下来。没承想女摊主却抬头发现了我，马上警觉起来，直起身问道：你在做么子咯？

我走上前去，坦诚相告：我每天从这经过，见你们在辛苦卖早点，想为你们照张相，可以不咯？

没想到女摊主倒很爽快，笑着说：这有什么好照的？你要照就照吧！

话没说完，她的电话响了，于是边接电话边忙活，顾不上理我，我抓住机会，稍退一步，“咔嚓”了几张侧影。

等她接完电话，想起心中疑惑，我赶紧问她：你们以前不是有两个人吗？今天怎么不见了一个？

女摊主再次直身抬头，叹了口气说：唉，生意不好，做不下去，早就走哒！

我有点不解：每天来买早点的人好像不少呀？

女摊主苦笑道：这几个人，怎么撑得起两个摊子？

我想了想说：那现在就你一家了，生意是不是好了点？

女摊主似乎没好气地说：好什么好？还不是差不多。

我试探着问她：那你就没想过去做点别的？现在不是鼓励大众创业万众创新吗？

她说：一个平头百姓，那么容易创业创新？如果有办法，我还来起早贪黑卖早点？

想想这话也对，我只好默然，赶紧与她告别，继续快走我的路去。

那天以后，每天经过时，我都会默默打量一眼这位忙碌着的女摊主，并在心底暗暗祈祷她每天顾客多多，帮她撑起摊子，坚持下去。

又不知过了多久，也似乎没太久，终于有一天，马路边，工地出入口附近，再也没了那辆手推车的踪影，也没了那位起早贪黑卖早点的女摊主。

心头于是涌起了一种莫名的担心和忧伤。

现在那个地方，多数时候停着些大小汽车，有时也就空着。偶尔还有工人拖着水管，冲洗着那地面。以前她们卖早点留下的油污等痕迹，料想是找不到了。

但我依然常常在想：那位女摊主为何走了呢？她是因为找到了新

的就业门道，还是因为支持不下去，才关掉摊子走人的？如今的她，又靠着什么过活呢？

但愿她的离去，的确是因为有了更好的生活方式。

2021 年 9 月 25 日

关张

晚饭后，我决定到老火车站前一家小店，买几只酱板鸭带回家去。那老板长我十岁上下，为人实诚，价格公道，卖的东西也不错，几次后我便成了忠实的回头客。

路过尖山站门口的公交车站时，发现站边新开张不久的那家餐饮小店，竟然不知何时已经关张了，门上重又贴上了“旺铺出租”的字样。

透过玻璃看进去，地上隐隐约约满是垃圾纸屑，看来店主走得并不从容。

这家小店大约二十来平，此前似乎已闲置好几年，今年十月中旬，才终于有人租下来，伴着隔壁两家小超市和一家小早餐店，做起了餐饮。

不久前，有次晚八点回来，肚中小饥，便有意进了这家新张的店子找晚饭吃。

店中只有一男一女，男三十、女五十模样。

男子告诉我：店里已打烊，没东西卖了。

我说：我可是见你店新张，特意来的，不然就去隔壁了。

男子见我如此诚心，顿了一下说：那我给你炒碗粉吧，汤已冷，汤粉不好做了。

我说：行！

这当口，那女人已收好桌椅，与厨师打声招呼，便匆匆走了。

闲聊间，一盘分量颇足的炒粉端了上来，味道也还不错。我这才知道，他是聘来的厨师，月薪七八千元。

可谁会想到，时间没过去几天，这新店就关张了呢？

心中颇有几分戚然。

更没想到的是，坐上公交后一刷手机，关张的消息还赶趟儿似的来了。

海底捞宣布：今年 12 月 31 日前逐步关停 300 家门店，约占总数的 20%，部分门店将休整一两年后再择机重开。

"奶茶之王"茶颜悦色则宣布：因受疫情影响，今年已 3 次临时集中关闭了约 80 家门店；今后一些游客密度较高区域的门店"暂停营业"将是常态，接下来将做最坏的打算，存最好的希望……

浑身便有了一种凉飕飕的感觉。

我对海底捞并不熟悉，据说海底捞的服务无微不至，可惜我至今无缘消受。记得有一次，与几个朋友特意早早跑了去，排号却已数百之外，须等两三小时，便决定不与肚皮和时间闹别扭，果断“易帜”去了别家，从此便与它擦身而过了。

我也只陪友人打卡，在茶颜悦色吃过一支冰激凌。许是人土，除冰、奶、茶三味，我真没咂出它有什么特点，可以惹得他人谈起来津津乐道，吃起来津津有味。但在街头巷尾，倒是经常看见排着的长队，据说有不少人就是专门奔它而来的。这也算是网红长沙带给大家的一笔不轻不重的彩绘吧？

莫非，这些昔日的热闹与繁华，就这样飘然远去了？

心里忍不住“咯噔”了一下：我要去的火车站那家小店，没有关张吧？

幸好，那小店还亮着灯，只是门口没见一个客人。

店子确实很小，大约两米来长，一米来宽。卷闸门后，铺面被分成了上下两半，上半是玻璃框，中间开着一扇小窗；下半是个半透明、伸出来的冷藏柜，已然替代了柜台；背后墙上和四周，密密麻麻挂满了待售的酱板鸭等商品。

那老板立在柜后，通过窗口，与街外做生意。如果要出来，需整个推出冷藏柜，自己俯下身子，从玻璃框下钻出来。

此时此刻，老板似乎正低头刷着抖音，因为担心那老哥听不见，我稍稍提高音量，打了声招呼：老哥还没关门啦？

老板抬头，见是我，热情地笑笑，似乎语带双关地回答说：快关门哒，撑不下去哒！

我说：好好的，关什么门？

他却说：好什么好？你没见我左右好多店子都关门哒？

我一看，情况还真是这样。左右两长溜店铺，都是黑灯瞎火的，远处才各有一处亮着灯。

街上也没几个人，简直让我怀疑是否来错了地方：这是在应该人流如织的火车站前？

我忍不住好奇地问道：他们为什么关了门？

他说：门面贵，又没客人，怎么做得下去？

但我还是颇有疑问：那你为什么没关门？租金便宜些？

老哥说：哪便宜？一个价。但我只有三平米，每月只要一千二，不像他们，一个要一万八，另一个要三万八！

我默算了一下，每平每日十多元，即使是在火车站前，也确实不算便宜。如今的服装店手机店，也确乎挣不了什么钱。

我见天色不算晚，店前又没客，老板又谈兴颇浓，决定与他多聊几句，多了解一点他的故事。

原来，这店子是2004年时老哥以2800元的价格从别人手上加价盘下的。四五年后，前租约到期，他以 1200 元的月租，从房东那里直接租了下来。十几年来，租金倒是既没涨过，也没降过，让人觉得好生奇怪和难得。

我问他说：开头几年租金还贵些，那你挣了钱吗？

老哥说：那时候当然挣钱啦！租金虽然贵一千多，可一个月可以挣个两三万！哪像现在，一个月挣三千块都难！

我追问道：那你一个月最多挣过多少？

老哥也不加掩饰地说：最多的一次，一个月挣了四万五。记得那个月，来了两车广东游客，尝过我家鸭子后，便一单下了 180 只。哪像现在，一只鸭子还要讨价还价半天！

老哥说到这，两眼眯成了一道缝，陷入了五味俱全的回忆中，似乎那 180 只酱板鸭还在眼前扑腾着呢。

我也由衷地神往道：要是每月来上这样一单，就太爽了！

老哥说：是呢，是呢！

我说：那什么时候开始走下坡路的？

听我这一问，他的神色瞬间暗了下来：先是高铁通车，来这个车站坐车的人，就一天比一天少了；去年到今年一闹新冠，中间几番折腾，别说人，鬼影子都没几个了！

对他的说法，我倒是比较认同。原因虽然一好一坏，对个人的具体影响却是实实在在的。时代的一粒灰，落到任何人头上，真的都重如大山呢！

我说：那你还准备撑多久呢？

老哥说：还干两年吧，满了七十，就不干了。

我说：也对。自己身体健康，无病无恙，就是对儿女们的最大贡献了。

老哥说：他们也难，上有老下有小，帮一点算一点。

我知道他有一个女儿。第一次发现这家小店，买东西付款，就是扫的他女儿的微信。如今他自己也有了收款码，不用借道女儿了。

闲聊中，老哥将我要的几样东西打包好，从窗口递了出来，每样东西都优惠了几块钱，还主动送了一盒卤香干，让我好生感慨。

付完款，我起身归去。走出去好远，回望发现，那店子的灯依然亮着。

真希望那灯永远亮着，那店永不关张，最起码，也要撑上两年，撑过老哥的七十岁。如果那样，希望便在。

2021年11月19日

立春

正月初四，虎年“立春”，时为凌晨四时五十分三十六秒。巧的是，正是那个时候，我开始从老家启程返湘，算是赶上了吉日良辰。

首站自然是去湘中岳丈家拜年。为人女婿，理当如此，况因疫情，妻女没敢跟回鄂西，都在岳丈家候着呢。

估摸一下旅程，除开首由老弟送、尾由妻弟接，其间还需先坐两个多小时长途汽车，再换乘一次公交、四次高铁，兜兜转转一大圈，行上一千一百公里，耗上整整十二小时，才能抵达目的地，俨然一次不算太短的“长征”呢！

诸君切莫以为，这旅程已经够久够远了。与三十年前相比，这其实已经短了不止一点点。

记得那时节刚留在长沙工作，首次请假探亲，单位主管豪气地大手一挥：给你七天假。

我坦然告诉她：我回去要三天，回来要四天，这七天，只够我路上花的。

主管却打死也不肯相信：你这是去美国还是月球？

我说，回我老家，可比去美国和月球远多了，说完还一天挨一天，列出了详细行程。

主管由不得不信，却也因此目瞪口呆，因为这实在太让人难以置信了。

其后这几十年间，家乡如许多地方一样，先后通了高速公路和铁路，崎岖蜿蜒的县道乡道村道也在不断变长、变平、变宽、变硬，回家的路程和时间也就越来越短了！

真该感谢这个时代，并牢牢铭记那些带来如此深刻变化的历史功臣们！

饶是如此，为早点抵达彼岸，我还是不得不四点半就爬起来，简单洗漱完毕，就坐上老弟开的车，顶着一弯蛾眉新月，映着满山莹莹雪光，沿着一弯接一弯的盘山村道，悄然穿过寂寥无声的村野，匆匆赶去几公里外的山脚，以搭乘集镇开来的首趟班车，赶往百把公里外的火车站。

大约五点半，裹着森森寒意和漆黑夜色，我盼来了如约而至的长途班车。急切切打开车门，暖意便扑面而来。打过招呼，我惊异地发现，车里除了司长，竟然再无他人，我还是第一位乘客。这班车变成了专车，跑一趟岂不亏大了？

司长却宽慰我说：终点站已有四位客人约好等着了，接上他们返程，就可以保本。听司长这样说，我的心才稍安了一点。

司长姓郑，个头不高，留着平头，白白净净，精精神神，一副读书人的样子。我俩早就认识，只是每次来去匆匆，他又须一边开车，一边迎上送下，故未及深交。

好在今日路上没了冰雪，不用挂链子，也不用提心吊胆，来往人车不多，车上也就我俩，于是一路聊了过来。

原来，我与郑司长都是六十年代生人，我居前，他靠后，中间相差五岁，只是看起来他比我年轻许多，想是有先天优势吧。

不知怎的，就聊到了当年读书的经历。郑司长告诉我，小时候因为家大口阔，凑不齐学费，暑假里常和个头同样不高的哥哥一起去砍杉条，然后沿着高耸入云的山路，抬到几十里外五峰县的罗家垭去卖，一根几块钱，因此从我家门口高坎下走过好多次。

他这一说，倒是勾起了我的久远回忆。砍杉树、刮杉皮、卖杉条那些苦活，小时候的我也统统干过，可谓刻骨铭心。

印象最深的，正是沿着那条蚯蚓般弯曲、狭窄、陡峭的山路，高一脚低一脚，抬着杉条去罗家垭卖。

记得当时因为个头矮小，重重的杉条一上肩，身子就会东一歪西一摆，迈开步也是左一闪右一颤，挪不了几步，稚嫩的双肩便会被碾压得通红，然后慢慢肿胀起来，轻轻摸上去，就会生焦火辣地疼，真是要多难受就有多难受，就是现在想起，也似乎还在隐隐作痛呢！

只是我没想到，小我五岁的他当年也同样靠抬杉条、卖杉条挣学费，而他家与罗家垭的距离，却比我家要远一倍以上，其苦其痛，自然更甚！

后来，我总算跳出“农门”，吃上了“公家饭”，他却阴差阳错，最终没能走出来。好在他长大后学会了驾驶，又借钱买车，跑起了客运，才一步步熬到今天。

其实说起来也没什么，郑司长不过就是一个没能走出家乡，须经年累月勤扒苦挣的普通劳动者而已。当然，他也是我绝大多数在家务农同学的缩影。

聊起平时的客流情况。他说：现在私家车越来越多，又有疫情，钱越来越不好挣，只能糊个口食，又没别的挣钱门路，只能继续跑。

我有点心疼地问道：那你还准备跑多少年？

他告诉我说儿子在读大二，等他毕业参加工作，就可以喘口气了。

想起为了赶他这趟车，我不得不四点半就爬起来，好奇地问道：你为什么非要五点二十就发车呢？就不能多睡一会儿，比如推迟到六点钟出发吗？

他摇摇头：不行呢，我只能就一头。走晚了，远行的客人赶不上头趟火车，头趟下车的客人也接不上，两不落靠。

我依然有点疑惑：那早上没客你也跑吗?

他也实实在在告诉我：昨天初三，前后只有两人联系，就没跑。今天是正式开工，有人没人都要跑，为人要讲诚信嘛。再说，你不是约好了要走吗?

心里于是涌起了一份莫名的敬意和感动。今天刚大年初四，真不知有多少跑客运的司长如他一样，已在路上奔波劳累了，又有多少人如我一样，意外坐上了“专车”？

一路闲话，不知不觉，两个半小时过去了。八点差几分，我抵达了第二段旅程的终点——长途客运站。我将在这里换乘集镇公交，前去火车站。遗憾的是，这一路行来，车上依然只有我一个乘客。

客运站海拔一千多米，下得车来，不但寒气逼人，更觉肚子在唱“空城计”。问旁边旅客，说二十分钟后才有公交开往火车站，于是决定先解决早餐这一“天大的事”。

举目四望，平时开着门的一圈店子，大都是“铁将军把门”，唯有中间一家开了门，却也静悄悄的，不见半个人影。

我略带狐疑，决定进去看看究竟。心想若是一家小商店，买碗方便面也是好的。

踏进店门一扫，发现左侧有个小柜台，背后有货架，只是未见方便面踪影，右侧靠墙桌上，有两名男子正对坐聊天。

我心想完了，看样子早餐没戏，却又有点不甘心，大声问了一句：请问这里有早餐卖吗？

饺子和面条都有呢！您家看吃点什么？其中个头小点的男人扭身站起，客气地望向我说，看来他是店老板。另一位年纪差不多，神色不太像打工的，应该是朋友吧。

想起煮饺子费时一些，我便说：来碗鸡蛋面吧！

店老板热情地说：好的好的，我马上做，您家过来烤火！

我这才发现桌下罩着一盘旺旺的炭火，便不讲客气，走过去坐下驱寒。另一位男子端来一杯茶，放在我面前。

店老板到里侧厨房煮面条去了。我端起茶杯抿了一口，又重新打量了一番四周，发现店子是一个大通间，两侧靠墙摆有十几张四人位台子，规模不算小，只是没见一个食客。

起身踱到柜台前，发现柜上一字排着好些土家特产和美食。品种最多的是糖：

有常见的片片糖，就是将玉米或红薯熬成的麻糖与炒熟的花生、小米、芝麻等拌匀，压成圆柱状，再一片片切开，吃起来酥香满口，“片”字读去声，听起来特响亮；

有泡儿坨糖，就是用炒焦的玉米粒拌进麻糖，揉成拳头大小，方言称为“坨”，吃时须张开大嘴啃，于是满嘴嘎嘣嘎嘣作响，并透出阵阵香气；

还有一种麻糖，不是传统的块状，而是被拉成了薄片，再一层一层卷为圆柱，切成两三指高，以装盘待客，是我从没见过的新搞法。

最边上是山核桃，个头不大，网兜装着，摞在一起。

虽然这些美食从小吃到大，但在这里陡然见着了，心里还是忍不住发起痒来。恰好店老板端着面条出来，我假装随口问道：这核桃多少钱一斤？

老板说：平时十五，你要就十二。

我接着问：糖呢？

老板说：都是十五一包。

另一个男人在旁边附和：都是好东西呢！

我心想，东西好是好，可价格也不便宜，必须砍砍价才行！

看看手表，我决定吃完面条再做道理，于是坐回桌边，开始狼吞虎咽起来。

店老板也在对面坐了下来。这才看清他应该五十不到，只是皮肤黝黑，满脸沧桑。

几箸热面下肚，心底暖和起来。可别说，店老板手艺还不错，那碗面还真香，也不知是否放了两个煎蛋之故。没听说土家鸡蛋面的标配是两个蛋呀？

我抬起头，由衷地对店老板说：谢谢你呀，不然我今天早晨就要饿肚子了！

谁知店老板却非常诚恳地对我说：我更要谢谢你呢，是你给我带来了首单生意！

我吃了一惊：什么？今天我还是第一个客人？

店老板说：不是今天呢。昨天我就开了门，没一个客。

我心底暗暗叹息，只好转而问他：以前生意怎么样？

店老板半神往半回忆地告诉我：以前生意好得很呢。不说别的，除了我们两口子，还固定请了三个帮工。一到过年，五个帮工都忙不赢。哪像现在，就我们两口子，还没事干！

临了，他眼神定定，似乎充满期待地看着我：你说这冷冷清清的日子，什么时候才能到头？

我无法回答，只好埋下头，稀里哗啦，大口大口吃起面来。转眼工夫，就风卷残云，见了碗底。

临走时，我挑了几样特产和美食，主动放弃了讲价。我觉得，除了可将它们作为带给远方亲人的小礼物外，其中还包含着我对店老板的一份小小祝福。

今日“立春”，是农历虎年的正式开始。既然如此，作为第一位顾客，我就力所能及，尽量为他的新年生意开个好点的头吧！

拉开店门，紧紧衣襟，我抬腿向公交车快步走去。

我的目的地还远着呢！

2022 年 2 月 10 日

江流有声

书香荆门行

春分那天，我的散文集《江流有声》在荆门迎来了首场读者分享会。可荆门既非我出生之地巴东，也非我工作之所湖南，我和《江流有声》何以能走进这座历史文化名城呢？

这首先要感谢三位特殊的亲朋，其中两位是外甥。

一位叫传忠，表姐之子。几十年前我来了长沙，他搬到荆门发展，我们之间便断了线，去年才接上。他开了家“简朴菜”餐馆，还是区人大代表。

另一位叫疆鹏，他妈妈与我是同学又同姓，因此叫我舅，大学毕业后考去了四川理县，汶川地震后我去援建时才遇上。

这俩外甥彼此并不认识，却有个共同的朋友，叫李蓉。李蓉过去在巴东，与疆鹏同学，现在荆门打拼，是“优洛奇彩宝”的老总，又与传忠是老乡和本家，关系自然亲近。

奇的是，我与李蓉虽然完全陌生，却也颇有缘分。地震后，李蓉从疆鹏那里听说并记住了我这个援理的巴东人。

当李蓉在传忠的朋友圈看到《江流有声》书讯，特别是作者似曾相识，立马起了好奇之心。确认后马上下单买了一本，然后便是接二连三地购买，送长辈，送朋友。

她的朋友也纷纷仿效。一时间，荆门竟然掀起了购买、阅读、赠送《江流有声》的小高潮。

若没这三位特殊亲朋，荆门或许就不会有一本《江流有声》，又何谈分享会呢？

熟识后的李蓉还告诉我，荆门人特喜欢读书，她所在社区就是“书香社区”，全国先进单位，她所在“女企协”也经常开展读书活动。

听后我不觉心念一动：既然荆门人如此热爱读书，还有了那么多《江流有声》的热心读者，能否举办一次分享会呢？

我这小小心愿，得到了传忠与李蓉他们的热切回应。他们马上紧张操办起来，时间不长，一切却准备得妥妥帖帖。

我与荆门这缘分，真是太过神奇了！

分享会其实有两场。上午场由樊登读书会主办，会议室中间一长排条桌，两边坐满书友，虽戴着口罩，却看得出满脸的热情。

李蓉说，因为疫情管控，严格限制了参会人数，不然来的人会多出好几倍呢！

我听了，心里不觉暖融融的。那天的室外气温只有四摄氏度，还下着大雨，寒气逼人，室内却温暖如春，其乐融融。

热情的荆门书友，早把漫天寒意驱跑了。

上午场最让人惊艳的，是满头银丝、精神矍铄、78岁的丁峰老师，场上最年长书友。她1966年毕业于北航，长期从事飞机研发工作，后被荆门作为人才引进，负责经济、科技等领导工作。

丁老师为人做事特别认真。分享中她前后提到了三篇文章，并从多方发散，无疑是认真阅读并深入思考过的。听李蓉说，是丁老师自己强烈要求来参加分享会，就更让人感动。

难能可贵的是她退而不休，转身研究青少年教育，以期帮助孩子们飞向理想的蓝天。

下午场由荆门市女企业家协会主办，也有李蓉等好几位书友或分享心得，或朗读书中篇章，场上掌声不断。

最让我难忘、震撼，甚至诧异的，是在场全体书友从头到尾，声情并茂地朗读了《啊，小山溪》这篇两千多字长文。那情那景，让人仿佛回到了当年的课堂。

但这么多成年人共读一篇文章，如何能做到整整齐齐，如出一人呢？莫非他们提前练习了许久？

谁知大家都矢口否认，主持人杨丹言之凿凿告诉我：怎么可能提前排练呢？这是分享会开始前，临时决定加上去的！

我听了不但深为叹服，更暗暗吃惊："女企协"不过一个民间社团，这些书友，也都是它的普通会员，为何有如此高强且统一的文化素质呢？

从协会的赵会长那里，我找到了部分答案。

赵会长告诉我，她以前在金龙泉啤酒公司工作，从普通一兵，一直干到分管技术的副总。“金龙泉”的点滴进步，都有她的心血和汗水。退休后，她才来到“女企协”任会长。

让赵会长特别欣慰的是通过几年努力，“女企协”办得红红火火，会员从当初20多家发展到了200多家。协会为此还成立了综合、发展、学习、策划、宣传等部门，统筹协会工作，下设九个小组，会员以小组为核心开展活动。

我的经验，就是充分授权，让部长放手大胆工作，我只掌掌舵。赵会长还向我谈起了管理心得。

我颔首表示同意。作为单位一把手，抓大放小，放手放权，而不是眉毛胡子一把抓，甚至一竿子插到底，这实在太基础也太重要了。这会长，是真正的企业家和管理专家呢。

想到此行见闻，我不禁好奇地问道：“女企协”为什么这么重视读书呢？

赵会长说：会员的读书学习，一直是协会抓的头等大事。我经常告诉姐妹们，新时代的创业者，特别是女性，一定要多读书，好读书，读好书，不断提高自身素养。因为只有文化，才是企业的核心竞争力！

原来如此，我不由得再次表示赞许。

从与赵会长的对谈中，我似乎管窥到了分享会上高水准集体朗读的奥秘。如果没有平时的自我磨砺，日积月累，哪有今日的厚积薄发，整齐如一呢？

我也似乎更明白了《江流有声》首次分享会能够落地荆门，并成功携手“女企协”的内在原因。如果荆门人的骨子里没有对书的热爱，如果“女企协”没有对知识和文化的渴求，我与荆门和“女企协”，又怎会因《江流有声》结缘呢？

由此看来，我和《江流有声》的荆门之行，虽然不乏缘分和偶然的成分，但确实有更多必然性的因素。而分享会的成功举办，也让我更有理由相信：“书香荆门”的明天也一定会更灿烂，更辉煌，更美好。

2022 年 4 月 8 日

寄书趣事

2021 年底《江流有声》问世以后，我决定把第一批书寄赠给几十年来结识的天南海北的文朋诗友们。他们中有些人我其实并不认识，只是因为他们在我的微信公众号中为我打过赏，我早就决定回赠一册小书给他们。

开始心想，邮寄一本书而已，有何难哉?

后来发现，还是古人说得对，术业有专攻。要自然、流畅、快捷地寄出一本书，其实也有技巧，也不容易。

这大略与签名有点关系。

为了签上“大名”，第一件事，就是拆掉《江流有声》的塑封。可别说，承印厂家很负责，书封得严丝合缝，还很牢实，用手是掰不开的。

于是我只好拿着剪刀，满世界寻找一点塑封的破绽，先小心翼翼伸进刀尖，切开一个小口，再慢慢扩大，最后把它全剥下来，不能心急，怕伤到书。

如果只是剥开一两本，倒也无所谓，但要剥上几十上百本，就有点劳神费力。

好在后来有一次，向一位老朋友讨要大作，发现他用薄薄的裁纸刀，贴着书边，轻轻一挑一拉，塑封便豁开一道口子，再左右划拉，整个便剥了下来，全程不到五秒。

姜果然是老的辣，连拆封都可见一斑！

寄书也有讲究。

最开始，我是把拟寄赠出去的书，前前后后，一路签下去，再一股脑儿收起来。

可到了封装环节，得把书与运单一一对应，这才发现次序基本是乱的，须在一堆书与一沓运单间，翻来覆去，反复比对，一不小心，就会出错，整个过程便忙而无序。

发现问题以后，我决定“流程再造”。从事了十几年企管工作，这点问题自然不能难住我。

第一步，整理发书清单。十二点前，将当天要发的书单整理好，发给快递点打印出运单。

第二步，下午抽空拆封，并按清单顺序，逐一签名，放好，做到不错，不乱。

第三步，分发封装。有时间，就先跑到快递点拿回运单，再按顺序，逐书放好；无时间，就十册一包，捆好，送到快递点，请他们按顺序，逐一分发，封装，寄出。

通过“流程再造”，各个环节都算得到了把控，不但方便快捷高效，还结束了以前的混乱局面，消灭了分发差错，收效还是挺大的，让我时不时充满了成就感。

我甚至想，如果哪天下了岗，到某家快递公司，应聘分拣员，应该可以胜任，甚至不用太培训的！

但万事都有例外。

有一天，就发生了一起张冠李戴的错寄。妙的是，后来却成了一件趣事，甚至美事。

那一天，那一位男书友在群里喜滋滋晒出我的题签照片，我却一眼发现：这不错了吗？

原因很简单，题赠的是给一位美女，书却到了一位帅哥手上。

按常理，交换回来就是！

谁知帅哥说：没关系，我给老婆就是，她肯定喜欢！

问题是：你喜欢，那位收到错书的不喜欢怎么办？

于是赶快联系。

女书友告诉我：书收到了，也发现错了。

我说：那赶快与对方交换回来吧？

女书友说：不用呀！我喜欢那嵌名联，很有阳刚气。

我说：可那名字不是你的呀？

谁知她说：没关系啦，我喜欢就行。

世上就有这么巧的事，这么巧的人！

没想到一次错发，竟然歪打正着，成就了一桩美谈！

书友们彼此喜欢，我还担心什么呢？

签名的故事也多。

决定尽量给第一拨读者签名后，心想反正是一写，也就孔夫子不嫌字丑，干脆多写几个字，比如“以文会友”“高山流水”等等，显得更“雅”一点，于是一路签了下来。

后来有几天，一时兴起，部分还采取了嵌名题赠方式，就是把读者姓名，有时还包括职业、公司等嵌进一联，以便独具一格，其目的，自然是想博亲爱的读者们一笑。

还有一次，有几个当年的女学生同时要求签名，我除了把她们的名字嵌进去，还把每联都以“天”字作结。这不单是让她们看到一喜，也包含对她们顶起“半边天”的祝福和欣赏。只是不知她们读懂我的小心意没有。

这嵌名题赠，看起来简单，其实也有点小难度，特别是姓名只有两个字的读者，如果词性词意基本不搭，便要让人想破脑袋。

记得有一天，同地同时有两位读者索赠，还都叫“赵雄”，让我为难了好久，总不能都以“赵钱孙李”开篇不?

当然，有些实在想不出来、嵌不进去的，我也会乖乖认输，绝不强撑面子，让自己为难。

每当书友们在圈里喜滋滋晒出签名照，我心里自然也是喜滋滋的。被认可，被欣赏，就是好事，多写几字又何妨!

也有朋友担心我的签名会成负担。

国内左宗棠研究专家、著作不断的志频君告诉我，最多的一天，他签了 2500 个名，别的什么都没写，就累得腰酸背痛手抽筋。

另一位大咖跃文兄，当时正埋首《家山》创作，看到我送给他的嵌名题赠，也开玩笑说:“我如果像你这样签名，会把自己累死去!”

我笑着告诉他:“如果我的书像你几十万几百万册大卖，估计也不会这么签!”

不过，从第二次加印《江流有声》开始，如果没有特殊情况，或书友们没有特别注明，我也不再主动签名了。

其实无他，有朋友告诉我，签名不利于书的二次流转和阅读扩张。

想想也是，如果书上不但有作者名字，还有自己名字，除了至亲，确实不太好送人，但书应该不断流转，不断阅读下去，没有签名便少了一道障碍。

当然啦，如果读者不但喜欢《江流有声》，还喜欢作者签名，我自当尽力满足这小小心愿。

何况我听书友说，签名虽没大用，却有个起码的好处，就是可以护书。如果没有签名，说不定某时某刻，那书，就被某位朋友“强取豪夺”了！

好几个朋友告诉我，幸好有签名，别人不好意思强要，才护住了心爱的《江流有声》！

我就笑着问他：再来一本作为礼物，送给他？

有一阵子，确有不少好友以购赠《江流有声》为荣。个人购书50册以上的，就有好几位，5册、10册、20册的自然更多。有些地方口口相传，你买我赠，加起来便有了数百册之多。

特别是荆门的李蓉、杜美菊、张全兵、肖琴、陈丹等书友，还热烈催生了《江流有声》的首次读书分享会，让人感怀在心。

最令人感动又感慨的故事，发生在武汉。

不久前，一位朋友好意向单位推荐了《江流有声》，经办人没弄清本尊姓名，更没想到网上会有同名的《江流有声》，其中一本刚好就是写的家门口的长江，想想应该不会错，于是毫不犹豫买了10本。

但愿那10本好运的《江流有声》，也不会让朋友们失望。

最近一段时间，差不多每天都有争读《江流有声》的趣事反馈到我这里，夫妻、父女、母子、亲戚、朋友之间的，都有。

书友们反馈最多的，自然是对《江流有声》的喜爱之情。除了一行行灼热的赞美文字，还有不少书友经常主动为她拍视频，拍抖音，配音配画，发圈荐书，构思广告语，设计宣传海报……

虽然我不是明星，但传说中的“铁粉”，应该就是这样的吧？真是太感谢亲爱的书友们了！

当然，理直气壮“投诉”我的，也不少。

这其中，有因看哭了“投诉”的，也有因笑出了眼泪“投诉”的，还有因又哭又笑、时哭时笑太费纸巾“投诉”我的，更有说因为书太好看，不知不觉看到转钟，看到凌晨，早上起不来，误了工作，要“投诉”我的……

不过，对此“投诉”，我只能表示爱莫能助。谁让您泪点太低，又不定个提醒闹钟呢？

但我也知道，这热辣辣的“投诉”背后，都是书友们满满的爱呀！

最让我高兴的，是不少书友告诉我：因为《江流有声》，以前本不喜欢读书的，现在开始喜欢了；以前从没看完一本书的，现在从头到尾、逐字逐句把她读完了；不少怕写作文的孩子，不知不觉爱上作文了；还有不少企业家、创业者从书中得到启示，开始注重创新、管理与服务了……

每次读到这样的留言，截屏分享在朋友圈的时候，我的心底都会涌起一种深深的自豪感、责任感和使命感。

如果《江流有声》真有这些作用，真能带来这些改变，我绞尽脑汁写的这书，就比什么都值了！

2022 年 4 月 17 日

遭遇赠书难

一段时间以来，我一直以为，当今是网络时代，阅读呈“手机化”“碎片化”模式，是故写书难，出版也难，售书更难。

但铁的事实却告诉我，相较于这三“难”，赠书似乎更难一些。

自散文集《江流有声》面世，上架销售十余天来，我就“严重”遭遇了“赠书难”。何也？

因为即使面对老师、同学和朋友，书也送不出去呗！

因为绝大多数朋友都不肯“领情”，说必须自己买呗！

有的说，这是对劳动成果的尊重；

有的说，买的书读起来才带劲；

有的说，书非买不能读也；

有的说，必须真金白银地支持原创；

…………

每一句话，都让人好生感动。

我当然知道，这是大家抬举我呢！

可大家既然都不肯受赠，非要自己网上下单，那也只能由着朋友们了！

后来发现，这书，也确实不太好强赠。赠得不好，会多出好些曲折来。

比如，我强赠给师姐一本书，本来即将发车了，却听说师姐远在香港，四五月才回内地，且盲目寄达很可能被人“顺走”，于是只好赶快跑去快递点，把书“拦截”下来。

还比如，有几位远远近近的朋友，我也没打招呼，就强赠了一本，准备给他们来个“意外之喜”，谁知他们也在网上下了单，目的也是让我“喜上加喜”。于是乎，他们手头也一变俩，成了“双枪将”。

但无论如何，我还是计划着在农历年后，“强赠”一些书出去，虽然很有难度。估摸了一下，大约有四类不同对象。

第一类，是我能够联系上的老师。主观上，是想把书当作一份作业，向老师小小汇报一番。老师辛辛苦苦教了我一场，现在终于有了一本小书，自然不能忘了老师的栽培之恩。

真希望老师收到小书后，能够高兴一下下！

第二类，是除老师以外，有名有姓写进我文章中的同学和朋友，正是他们的精彩人生，让我的文字落在了实处。

从某种意义上说，他们才是本书真正的主人公，也是我的文字能够成书的贵人，我自然希望与他们分享这份小小欣喜。

第三类，是前前后后几十年里，曾经赠书于我的文朋诗友。予我书者多为方家大家，却在芸芸众生中以我为馈赠对象，于我实乃莫大荣幸，却也时常愧于无以回报。如今终于有了一册小书，自当予以回赠，万望诸君不弃。

第四类，是曾在“巴山湘水”公众号中为小文打赏过的朋友。2021 年六七月我曾发文说，希望小书出版后，能回赠打赏的朋友一本以为谢。只是目前看来，要落实也颇难，因为至今应者寥寥，而大多数朋友的姓名、地址、电话也委实不清楚。

真希望大家给我一个机会。

当然了，如果老师、同学和朋友们非要网上自购，我也只好恭敬不如从命。只希望大家读过以后，觉得银子没白花！

在自购的第一批读者当中，确实有好多都是我熟得不能再熟的老师、同学和朋友。比如，我读中师时的老师田玉平先生。

打一开始，田先生就反复强调，书必须他自己掏钱买，我若送，他就不要，让我不得不从。

还有中师时的茂奎师弟。在我出书这“八”字刚刚起笔、还没写完一撇的时候，他就早早下了数百定金，算是胆子最大的投资者和购书人了！

为本书作序的希白师兄，也不但润笔分文不要，还豪购了好几十册，说要分送给侄儿男女。

有此免费作者，下次若有新书，还请你写序可好？

令人感动的还有北京的炫名君，出手就是一千册，说要让朋友们都读到《江流有声》；鼓励我自写序跋的玉新兄，也立马下单两大件。

更有趣的是，好几位朋友竟然同时给自己下了两本书的单，惹得我好生奇怪：书又不是衣服，难道还要换洗吗？

朋友却说：一本放家里读，一本放办公室读。

嗐，朋友！这书，真值你如此厚爱吗？

至于爷爷特地买给孙子、奶奶特地买给孙女、妈妈特地买给女儿、姑姑特地买给侄子的单，那就更多更常见了！

最新的一单，是一位准公公特地替儿子买下，准备送给未来儿媳的，因为准儿媳即将出国读书，他希望用这本书替仔仔拴住好姑娘的心，请她把中国文化带到国外去！

真是可怜天下父母心啊！

这一单，大约也是最让我开心激动的一单了。没想到《江流有声》还可深入年轻人的爱情生活中，并随之作为文化大使，输出到大洋彼岸！

祝愿他和她，一帅哥一才女，早日修成正果，有情人终成眷属；也祝愿她和她，一书一姑娘，能为中外文化交流做出积极贡献！

买书自然是为了阅读。没想到的是，《江流有声》陆陆续续抵达书友手中之后，阅读的过程同样乐事多多、趣事多多。

让我最高兴的是不少朋友把《江流有声》视为虎年新年的最好礼物，或者是最美的精神食粮。

这不禁让我想起了贫瘠的当年，确如《江流有声》中《歌声下酒》一文所写，熊老师和我们确是可以用成方圆的歌声下酒的。

真希望几十年后的《江流有声》，也可成为团年饭的最佳佐餐。

同样令人高兴的是因为《江流有声》，让我认识了许多新的书友。他们来自四面八方，北上广深、甘陕浙鲁，都有。于是便很想知道他们是因何知道《江流有声》的。

想方设法加上微信后发现，许多陌生的朋友，比如山东的书友“晓辉”等，竟然早就在自己的圈里帮《江流有声》吆喝开了！

有喜就有忧。

一则，一位叫“小敏”的书友向我“告状”，说她下单买的《江流有声》，竟然被老公拿走并“霸读”了，害得她两手空空，只能“排队”候着。

我听了也是又气又急又感动，于是立马给她再寄了一册，以安慰她“受伤的心灵”。

另一则，是《江流有声》竟然遭遇了有生以来“最严重”“差评”。曾炎秋书友就发声说，因为《江流有声》“写得太精彩”，害得他一不小心看到 12 点多，早上起不来了，因此“要投诉，给差评”。

如此“差评”，简直匪夷所思，也不知能否够得上史上“最美差评”的称号！

朋友，哪有这样曲里拐弯表扬人的？

果真如此，我也只能远远道一声：朋友对不住了啊，同时也谢谢你的高度认可！

除了曾书友，也确实还有几位朋友告诉我，他们同样是捧卷在手，不眠不休，短短一两天，就一字不落地读完了全书。

这也让我好生疑惑：难道你们是一目十行？《江流有声》只不过是拉拉杂杂的散文，又不是情节曲折紧张抓人的小说！

但来自广东的覃业春书友却说，我可是端坐书案，前后用了两天时间，一字一句，认认真真读完的。

似乎为了证明自己不是囫囵吞枣，她还洋洋洒洒发来了数千言的书评，又让人不得不信，于是只好叹为观止，并赶快破例，将书评在“巴山湘水”公众号上发了出来。

没想到《江流有声》这书，竟然还能这样读，且读得这样快、这样深入的。

看样子,《江流有声》的书友们，都是读书的高高手啊!

。…………

林林总总说了这么多，其实不过是想说明，过去这十来天，因为赠书，因为感应着书友们读书的节拍和气息，我其实一直处于兴奋、激动和感激之中。

通过书友，我感觉到了我以及《江流有声》的存在价值，并在心底暗下决心：如果还有第二本书，我一定要做得更好，让她更对得起大家的关心、支持和信任!

2022年1月28日

我为师长读书听

3月中旬到湖北荆门为幺姑祝寿时，我见到了两位先我而到的贵客，也是我熟得不能再熟的长辈，幺姑叫他们三姐和三姐夫，我则要叫三姑和李老师。

读过《江流有声》的读者或许记得，这位李老师，就是《我的高中老师》一文写到的，我的高中校长和政治老师李顺章老师，我三姑是他爱人，《把关》中写到的传梅，是他们女儿。

分隔日久，我们都没想到会在这里突然相见，无论师生还是姑侄，也都喜出望外，天南海北，自然有说不完的话。

两老虽然都八十上下，但精神尚好，说话依然中气十足，似乎与以前年轻时差别不大，就李老师多少有点耳背。

不知不觉就谈到了《江流有声》。李老师知道我出了书，却还没看到。我把书寄给了传梅，请她代转，谁知他们父女年后还没见过面！

我突然灵机一动：《我的高中老师》和《把关》这两篇文章可以在我的“巴山湘水”公众号找到，何不就着他们在眼前，直接读给他们听听呢？特别是三姑不识字，读给她听，让她知道我写了些什么，岂不更好？

没想到两老竟然高兴地同意了，三姑还要李老师把椅子挪到我跟前点，以便听得更清。

面对面为自己几十年前的老师和快八十岁的三姑，用方言朗读关于他们的文章，这种感觉，非常奇妙。于我而言，真是一种从未有过的美好体验！

我读《把关》时，三姑边听边插话，还伤感地告诉我，传梅当年因为没能去读高中，确实好伤心。我安慰三姑说，传梅早已打开心结，自己翻篇了。后来，三姑看到文章中还有那么多传梅的照片，又高兴起来了。

《把关》其实写的是我没把住关的遗憾，还有一丝对当年李老师的意见，虽然他是我尊敬的恩师。于是我一边朗读，一边悄悄观察李老师的反应，发现他一直面带笑容，听得聚精会神，似乎还在暗暗颔首，我的心便放下了。

有点出人意料的是，李老师对当年陪我到电影院看《春雨潇潇》的情节，已经毫无印象，这可是我心心念念几十年的美好回忆呢。更没想到的是李老师突然告诉我，那次体检之行后，他还染上了黄疸肝炎，住了好久的院。

我问：我怎么一无所知？您为何没告诉我？

李老师说：告诉你有什么用？当时不是已放暑假，后来你又读中专去了吗？

想想也是，作为老师，他怎会把这事告诉一个不谙世事的学生呢？我确实也从不知道，当年一次陪检，曾给李老师带来严重疾患，心底除了谢意，又多了一分歉意。

幸福的时光总是短暂的。不知不觉，一个上午就过去了。读文章的过程中，表姐之子传忠等客人也听得津津有味，可谁都没想起为我们拍张照，真是有点小遗憾。

2022 年 3 月 30 日

心底的冀盼

如果我说，书与孩子，天生就该在一起，孩子就该伴着书香长大，料想，没有几个宝爸宝妈会反对。

甚至孩子“抓周”的时候，即使没有抓到书，但只要抓的是代表知识和文化的纸笔墨砚，年轻的爸妈也会高兴得开怀大笑，好像由此看见了孩子的美好未来一般。

很多故事也告诉我们，自小爱书的孩子，长大后即使不特别优秀，也差不到哪里去。

有什么事情，能比孩子从小就爱书，更让爸妈们高兴呢？

能与宝爸宝妈们的高兴媲美的，或许便是书作者的欣喜之情。

想想道理也是一样的。有什么奖赏能比得到青少年读者的认同更令人骄傲和自豪的呢？

前一阵子，我就常常沉浸在这种美妙的氛围当中。因为《江流有声》面世伊始就受到了不少青少年的真心喜爱。

在湖南长沙，我一个读四年级的外侄孙女，是最早的读者之一，拿到书就爱不释手，一口气读了好几篇，连说："好看，好看！"

在恩施老家，一侄外孙正读九年级，因我送了一本《江流有声》，变成了班级明星，每天课后都被同学追着要看《江流有声》。学校灵机一动，买回了几百本，准备作为期中考试奖品，并提前做了宣传。外侄孙说，同学们个个摩拳擦掌，都想得到这份特别的奖品呢！

在湘中娄底，一位叫文杰的五年级学生，是我师弟的侄子。他在师弟处读到《江流有声》后，也被彻底迷住了，一口气说了三个"很"："很棒""很有趣""很好看"。他还把爸妈也"拉下了水"一起阅读，并说要拜我为师，学写作文。

在江西南昌，一位年轻的妈妈就激动地告诉我，她家"小盆友"因为读了《江流有声》，竟然由害怕作文，变为爱上作文了。原来他发现，文章还可以这样写，并写得这样有趣！

在湖北荆门，一群迷上朗诵的孩子，还纷纷把《江流有声》中的文章当成了朗诵对象。

在第一次荆门书友会上，面对几十名大读者，四年级小读者赵鑫蕊就落落大方朗诵了《江流有声》中颇有难度的首篇散文——《泓》。

在湖北省第八届青少年朗诵活动初赛中，另一位四年级小朋友廖凌菡也声情并茂朗诵了《江流有声》中的《幸运儿》，成绩名列前茅。

她说：决赛时，我也要朗诵《泓》！

在单位，一个同事的女儿就要参加中考，她发现《江流有声》以后，立即强行“据为己有”，将它做了辅导教材。她说：“这书比《千年一叹》好看，读了对写作有很大促进。”

我感动于孩子的认可和赞美，但我也知道，《江流有声》怎会好过余大师的《千年一叹》呢？

不过，我毕竟做过八年语文教师，从小学五年级教到高中三年级，自然知道同学们最需要什么东西。若就语言文字的平实朴直、明白晓畅甚至风趣幽默而言，《江流有声》确实还算自有特色，也肯定有助于孩子们学习语文，包括作文。

反正，《江流有声》问世以来这段时间，来自孩子们的这些好消息几乎填满了我的心胸和大脑，让我仿佛觉得《江流有声》大范围走进校园、走进孩子们中间，应该指日可待。

后来发现，我还是乐观了一点。

最早带来不妙消息的，是在长沙教书的一位老弟嫂。

年初她拿到《江流有声》就特别喜欢，说要将它作为新学期的阅读课教材，让我好生欣喜。

如果《江流有声》能因此打入中学课堂，那简直太美妙了！

过了一阵子，我问她：你的阅读计划推进得怎么样？多多推荐给学生，让他们多买几本《江流有声》，才好开展读书活动呀！

老弟嫂说：唉，推荐不了，学生只能买指定的课外书籍。

我说：你只是推荐一下，学生如果喜欢，自主买也不行？

她说：有规定，老师不准向学生荐书！

我一听，头也大了。

城里不行，农村和边远地区行不行？这些地方肯定是缺少课外读物的。记得我们小时候，只要有书，都是无价之宝！新疆喀什有几个小孩子，我就一直在给她们送书呢！

谁知老家几个教书的同学也众口一词：可不敢向同学荐书！

这是什么道理呢？我不禁产生了兴趣。

五一期间的一个傍晚，我有意探访了附近一所中学门口的书店。书店规模不算小，只是没见一个购书的人，显得空旷又安静。

我见书店中央多为考试辅导性用书，古今中外名著则摆在靠墙的柜台一角，心想这老板是不是精明过了头，把书放错了位置？

按理说，这些琳琅满目的文学作品才是孩子们的最爱，应该摆在最醒目的位置呀！

这时候，《海底两万里》旁边一本黄色封皮的备考手册引起了我的注意。仔细一看，竟然是《海底两万里》的配套考试用书。

回头再细看《海底两万里》，其左上角的第一行，也赫然写着“中考阅读计划”的字样。

跟过来的服务员是位年纪轻轻的小姑娘。我指着《海底两万里》问她说：这书是单卖，还是要搭配备考手册？

服务员说：只能配套卖。没有备考手册，这书是卖不掉的！

我好奇地问道：莫非别的书也有备考手册？

服务员说：都差不多吧。

我顺手拿起眼前未拆塑封的《傅雷家书》和《钢铁是怎样炼成的》，翻过来一看封底，虽没看见备考手册，却有一本标着“附赠名著阅读导读手册”！

莫非我们是不考试不读书，为考试而读书？我不禁摇摇头，并为此生疑了。

纵然如此，与几十年前什么书都没有看的我们相比，现在的孩子不但有名著，还有导读，真够幸福了！

服务员却有点无奈地告诉我：有的学生把书买回去，翻都没翻过。

似乎怕我不相信，她还给我讲了一个故事。

有一次，学生中考刚离校，有位老师就送来了一套崭新的书，连塑封都没撕掉。

老师告诉她，这是一位毕业生离校时留在床铺下的。

故事让我很无语。这孩子，看来确实不喜欢这本书。

那么，什么样的书才对孩子们的胃口呢？

服务员说，肯定是新潮、现代、生动、有趣的呀！

听了服务员的话，我突然觉得《江流有声》还是颇为符合这些要求的，虽然是散文，故事却是有的，也还够得上新鲜、生动和有趣，不然哪有那么多师生喜欢呢？

问题是，《江流有声》如何才能走到老师和学生面前呢？

突然想起1982年刚开始教书时，每天晚自习前，我为同学们朗读《高山下的花环》等小说的情景，想起了同学们那一双双充满渴求的眼睛，想起了班级创办的“图书角”……

莫非，那样的时代真的远去了？

我摇摇头，走出了书店。同时默算着《江流有声》与孩子们之间的距离到底有多远，并冀盼它早日归零！

2022年5月16日

清凉

《江流有声》问世后，受到了读者朋友们的真心追捧。因为大家帮衬，3 月 20 日在湖北荆门举办了首场读者分享会，5 月 28 日在湘潭“昭山印象”举办了湖南首场分享会。在省会长沙举办一场分享会，便成了我的下一个目标。

自觉《江流有声》的字里行间，关于理想、信念、责任、担当、感恩、奉献的色彩较足，而这些，对年轻人成长又颇为重要，期望有更多青少年读到她。揣着这样的梦想，跑了一圈长沙大小书店，最后我把目光锁定在大学城的“止间”。

“止间”负责人顾老师为人热情爽朗，做事也风风火火，“止间”自然被她打理得风生水起，不但在河西大学生中享有极高声望，在整个长沙也声名鹊起。

听我谈完想法，百忙中的顾老师立马表示赞同。她正筹划青少年暑期实践活动，也喜欢《江流有声》，自然希望有更多的人，特别是青年朋友成为同道。

巧的是，《湖南日报》以全省青少年学生为目标群体的“邮政杯”朗读者主题活动，也恰好走进了“止间”。

看来，暑期青少年的学习和教育是各路大咖都关心的主题呢！

既然如此，何不联合举办？

三家一拍即合。

时间还早早就定在了 7 月 23 日，大暑那天。

大家说，要借大暑之期，带来人气大火，好书大卖。

可谁料到，距活动时间还有半月不到，我却因该死的肛周脓肿加肛瘘住进了医院，还动了刀子。

这活动，还能不能如期举行？我，还能不能参加？

那几天，每次查伤换药时，我就抓住主治大夫李一金医生，要他帮我“算命”：7 月 23 日下午，我能否走出医院，参加活动呢？

其实我心底颇为自信。我以为，一个脓肿手术，总共也就住个十天半月吧！

可李医生每次都说：不好确定，再等几天，看看效果。

7 月 17 日，周日，是必须做决定的最后日子，因为“止间”公众号要发通告“募人”了。再不发，就晚了；可若发了我却不能去，活动办不成，也完了！

还真是考验人。

好在，仔细斟酌一番后，李医生终于告诉我：出去半天工夫，应该问题不大!

李医生开了“绿灯”，也让我大松了一口气。赶快通知“止间”：通告可以发了!

但我依然不敢马虎。

为了这次书友会，我其实已经谋划、期盼很久了，太不希望节外生枝。我每天更加认真地打针、吃药、坐浴、换药，就怕病况反复，或者临时出状况。

甚至，22 日的晚餐和 23 日的早中餐，我还有意识减少了进食，只求分享会上少点麻烦。

分享会那天下午，我大约提前半小时到了“止间”，发现《湖南日报》“朗读者”活动组委会派出的采访、摄影、摄像团队已经抵达，会场也坐了不少来宾。

看样子，大家的热情都很高呢!

许是见我没有西装革履，而是上 T 恤，下短裤，足凉鞋，太过“清凉”，大家一脸愕然，因为没几人知道我在生病住院。

我这才告诉大家：特殊部位刚做手术没几天，还需每天换药，只能宽衣宽裤。

大家都表示能理解，或许还有点小敬意。只有报社的鲁兄提醒说：还是要找一件带领上衣，等下采访要出镜呢!

想想挺有道理。记得距“止间”不远，有家大商店，赶快顶着 40 多度的高温，趔趔趄趄，赶了过去。

进店看了一圈，发现店并不大，衣服特少，正焦急，却在一角落找到了一款适宜的浅蓝衬衣。谢天谢地！

分享会正式拉开帷幕。面对台下坐得满满的嘉宾，我一身“清凉”上了场，先道歉，再释由。后半场，又换上新衬衣。嘉宾们都很开心，估计是被我的着装逗乐的。

虽然情非得已，也算别开生面吧，我想。

分享会推进得很圆满，包括主分享、嘉宾分享、宾主互动、小读者朗诵、媒体采访等多个环节，效果都远远出乎我的意料。

小伙伴们真是太给力了！我不由得大大地舒了一口气。

分享会带给我最多的是感动。

感动于《湖南日报》“朗读者”活动负责人鲁壮志、胡先涛和“止间”老总顾丽君，以及他们身后的团队。因为他们的创意和努力，“朗读者”活动、“止间”青少年暑期社会实践活动与《江流有声》分享会才天才般结合在一起。

感动于廖剑波先生的精彩主持。他是当年援川将士之一，驰名全国的“社会工作与心理援建”项目负责人，也是《江流有声》的书写对象。没想到的是，他第一次担纲主持，就如此娴熟老道，让一场普通的分享会有声有色，精彩纷呈。

感动于分享嘉宾们的真情投入。像数度哽咽的胡蓉、落落大方的黑丽蓉、风趣诙谐的周国、一板一眼的郑华、热情洋溢的邹宝良等等，让我觉得：有这样优秀的书友，《江流有声》真是太幸运了！

感动于方凤霞、杨伊、田博锐、李沐宸等“朗读者”的精彩表现，特别是田博锐、李沐宸两位小朋友。

他们一位挑战朗诵《江流有声》的首篇写景抒情散文《泓》，一位挑战《江流有声》的序言《写字那些事儿》，其实都颇有难度，不算小朋友的最佳选择。

两位小读者却处理得不疾不徐，抑扬有致，声情并茂，让人不由得眼睛发亮。

让人感动的人和事其实还有许多许多。

比如亲临现场的几十位朋友。这其中，我只认识极少几个人，像带着儿子一起参加活动的乡友鲁红，还有一位是“止间”活动每场必到、因此见过几面、要熟不熟的李先生。

后来听说，陌生的朋友中，有的来自湖北商会，有的来自长沙市企业文联，有的来自周边高校，有的来自附近小区，等等，小有八方咸集之味了。

谢谢你们！

突然觉得，社会上爱读书、爱文学的人，还是不少的。

那么，类似今天这般，组织一次分享会，共读一本好书，朗诵一段好文，开展一项社会实践活动，算不算炎炎夏日的另一种“清凉”呢?

我似乎从中得到了肯定的回答。

2022 年 9 月 12 日

书缘

虽说从七月中旬到八月中旬住了一个多月院，但每天通过视频号和抖音说书发视频，想以此扩大《江流有声》影响，甚至拉动销售的事儿，并没怎么闲着。

反正这脓肿，这肛瘘，除了麻烦一点，既不要命，也不需要搁头扶脚，实在没必要过分紧张担心，对不?

更何况，如果不坚持不懈、持之以恒地努力，我那明显好高骛远、如同痴人说梦般的梦想——《江流有声》畅销千万册，怎么可能实现呢?

每天发条视频，还有点像放烟幕弹。之后听说我住院良久，很多人都问：什么时候的事？你不是每天都在发视频吗?

谁会想到，我这是躺在病床上故意干的呢?

也有真的误导。老家一表弟就悄悄问我：你是不是退休了？怎么天天有空发视频?

表弟这也是多虑了。虽然没退，虽然住院，中午或晚上，花上个把小时，编发条把视频，还是没问题的。

前提是，先找个地方录好视频。单位可选办公室内外，在医院却不便对着病房和病友，只能室外找了。

第一次去找，因为没经验，晚了点，出病房发现，偌大庭院，或坐或卧，或站或行，满是乘凉散步的人，已很难找到一处“静土”了。

那阵子，正是高温火辣之时，只有早晚时分，才体感稍凉，男男女女才敢出来透透气，院里还不人满为患？

曲曲折折觅了好久，我才在一偏远角落的马路牙子上，以一段高墙、几棵大树，还有一些杂物为背景，勉强录了几段视频。有人经过，还要赶快摇手，示意小声。

第二次，见食堂前坪一株树下有两张餐台，早早赶去占了一张，然后支好手机，说起书来。

谁知没过几分钟，病友三三两两前来就餐，镜头前常有摇摇晃晃的身影。生活气息倒是浓郁了，视频效果却打了折扣，录过那一次，便不想再来了。

立起身，发现食堂坎下，还有口小塘，正漾着碧水。中央有石，上塑两只高高的仙鹤，飘飘欲飞，充满画意。

两岸更有曲廊连着，一端有座赭红色方亭，阳光下绿植相衬，颇为亮眼，料想亭下拍视频，风景应该不错。

次日早早赶往小亭，发现亭子虽美，却有大不足，特别是亭中无桌，无法支起设备，只能在护栏上，将就架起手机，人则须对过坐下，侧身开讲。

别扭自不待言，我与手机架所在两方，也因此不好坐人了，无形中妨碍了在此休憩盘桓的晨客。

看来，还得另觅佳地才成。

没想到，这佳地，还真让我找着了。

其实并不难找。进得院来，一路上完陡坡，右手边沿线停着的汽车背后，几棵樟树掩映之下，就有一座绿顶的小方亭。

巧的是，亭中还带有石桌石凳，正堪我用。妙的是，背后左有一丛茂密葱茏的修竹，右是一段旁逸斜出的粗树干。推远点，是墙体略带红色的医院技术楼。

以此作为拍摄背景，简直不要太美了。

如此美好的所在，却因路边汽车和四周树枝的遮掩，迟至今天才让我发现，真个是相见恨晚！

我毫不迟疑，把它做了我的终选。唯一的条件，是要更早出门，以一书，一架，一手机，一坐垫，抢占有利地形。毕竟物以稀为贵嘛。

好在夏天天亮得早，温度也不低，起床无难度。就怕碰上要“出恭”，不仅要大动干戈，还要坐浴，一顿折腾下来，美好的晨光便被占用，抢不得先了。

其实也无大碍。编发视频这事，纯属个人爱好，又没强制性写在哪本书上，晚一天，缺一天，有啥关系呢？

有了这处亭子，我的说书事业才算上了正轨。

每次支好手机，开始录制时，亭外来往的病友和行人，似为了配合我，有意放慢了脚步，压低了声音，很少进到亭里来。即使进来，也是在侧面一角悄悄坐下，做了倾听者。

这让我感动，紧张，且不好意思。于是赶快录完，起身离去，或与周遭这些特殊的听众攀谈几句。

大家问：你这是在直播吗？

我说：不是直播，是录短视频，先录好，再编发。

大家显出佩服的神色来，我也暗中多了几分得意。看来直播和短视频都已深入人心，这条路，值得走下去！

那段时间，我正介绍《江流有声》里的“血性川西”版块。有一天，刚讲完故事，有个常德口音的病友好奇地问我，你老是“澧县澧县”的，是不是说的我们常德澧县？

我告诉他此“理县”非彼“澧县”。常德澧县是澧水之“澧”，书中“理县”是道理之“理”，在四川阿坝。汶川地震后，由湖南对口援建理县，四川这个“理县”也就成了湖南的一个县一样。

听了我绕口令一般的解释，大家似乎更来了兴趣，纷纷向我打听起这个特殊的“理县”，还有当年的援建故事来。

有了热情的现场听众，我自然更来了精神，清清嗓子，讲起书里书外的故事来。

又一个早晨，正准备收摊，有位年纪与我相若，站在亭外当听众的病友突然问我：你能不能把这本书卖给我？

闻听此言，我颇感意外，或曰又惊又喜：该听友想升级为书友了？

但我却不得不遗憾地告诉他：这本书是我留存自用的，也旧了，不能卖。

另外几位也投来热切的目光。于是我跟了一句：如果大家喜欢，明早我就带几本来。病友一场，每本优惠 10 元。

大家都说好，不见不散。

第二天去得迟点。抵达小亭，已有一位年轻帅哥等着我。他说他很早就到了，转了一大圈，才等到我来。

我笑着说：这么急着要看呀？

帅哥诚恳地说：我是给住院的父亲买的。我想他只比您大上十岁，与您应该有共同语言，会对您的书感兴趣。

我也十分肯定地告诉他：你放心，我这书老少咸宜，读者 45 岁以上的占了一多半呢。

帅哥说：那太好了。我昨天专门给他买了放大镜！

没想到这帅哥，还是个心细的大孝子呢！

送走这帅哥和另几位病友，正准备支起手机开讲，一个怯怯的声音响起：我也要买一本。

抬头一看，咦，这不是每天扫马路的那位清洁工大姐吗？她也要买我的书？

这可是又一个“没想到”！

认识这位大姐，是从一瓶矿泉水开始的。

第一次走进小亭，发现圆桌中央有瓶打开过的矿泉水，因为不知它的主人是谁，主人还要不要，不敢乱丢，只好把它放到旁边不碍事的地方，再去支手机架。

录到中途，有人提着扫把进来，拿起水瓶，拧开盖子，就灌了一大口，然后对我笑了一下，不好意思一般。她的额头，乃至全身，正汗涔涔冒着热气。

这才明白，眼前这名清洁工，是矿泉水的主人。她个头不高，身形偏胖，皮肤黝黑，穿着简陋，看起来颇为苍老，年纪似乎不比我小，该叫“大姐”才对。

想想也是，现在有几个年轻人，会愿意扫马路呢？

但我并没和她寒暄过。每次我讲书，她就在亭外马路上打扫，我的耳边，不时传来“沙沙沙”的扫地声，或远或近，时大时小，一下一下，全部跑进了我的视频中。

细心的朋友，或许早就从我视频中听见过扫地声了。

有时也想，要是这声音小点就好了。但我并没说出来，我不想因此影响到别人。

不过，我确实没想到，这位如此普通的清洁工大姐会喜欢读书，而且不知什么时候，还喜欢上了《江流有声》！

莫非她每次都在边扫地，边听书？

无论如何，这都是令人高兴的一件事。

我热情地对她说：好哇，只要你喜欢！

她却有点紧张：我只读了五年级，就怕读不懂。

我笑着说：你放心！我这书，没有一个生僻字，小学二年级就可以看得懂。

我说的是大实话。这份底气，来自武汉一位二年级侄孙的体验。他觉得《江流有声》“太有趣了”，从他妈妈手上把书抢了过去，一定要先读为快。

听侄女讲了这故事，我也特开心，仿佛觉得这本书，真的达到了“好书”标准，就像十七世纪法国大咖帕斯卡尔说过的那样。

本想还鼓励这大姐几句，可没等我开口，她又说：我今天没有钱。

心底小小怔了一下：怎么会这样？58 块钱也不多呀！

但我马上反应过来，把书递了过去，加重语气告诉她说：没关系，你先把书拿去读，改天再给钱就是。

这大姐听了特高兴，马上小心地接过书，翻过去翻过来，封底封面看了好几遍，这才喜滋滋走了，就像捧着宝贝一般。

我也很高兴。多了一位扫马路的书友，《江流有声》算是进一步深入了民间。

更何况，让妇孺儿童都能读上、喜欢上《江流有声》，本是我的宏愿呢！

几天后又一个清晨，我走进小亭，刚开始录制，那位清洁工大姐急急朝我走来，看见我，还似乎有点难为情，稍微扭了一下身子。

她嗫嚅着，小声对我说：我要发工资了才有钱给你呢！

原来，她是专为这书款的事来的。看她特认真和窘迫的样子，我心底一热，告诉她：书我送给你了，不要你的钱。

她似乎有点不太相信：真的？那太谢谢你了！

我笑着说：当然是真的。你喜欢我的书，我还要谢谢你才对呢！你这几天读了没有？

她立即高兴起来，告诉我说：读了读了，我都读了好几篇了，对我很有帮助呢。

看样子，她是真的喜欢《江流有声》！我不由得对这位特殊读者产生了兴趣，决定暂停说书，与她聊聊天。我想，这不同样很有意义吗？

我先随便问了一句：你是六几年的？怎么只读了五年级？

谁知她说：不是呢，我是八三年的！

什么什么？八三年?！比我工龄还少一年！我有点不敢相信自己的耳朵，更惭愧于自己的眼力！我这是什么眼神呀？特地定睛一看，她确实不像六十年代生人，可能是因为工作辛苦，平时有点蓬头垢面，因此显老了吧！这年龄，自然不能叫“大姐”（当然我也没叫过），我半开玩笑地对她说：你这么年轻？得叫我叔叔才对！

她大大方方叫了我一声：叔叔好！

这一叫，我便与这名清洁女工、这名特殊读者更亲近了。这本该高兴才对，不过，她的故事，却让我越听越沉重。

她告诉我，她叫莫卫兰，在乡下长大，爷爷去世早，家里只有奶奶、父母和姐弟五人。本来家境还行，后来父亲迷上赌博，输光了家产，还欠了几十万赌债，好多是高利贷，害得她只读了五年级，弟弟也只勉强读了高中。

现在她在医院当清洁工，月工资 2600 元，不休息 2800 元，捡点旧书报卖，大概 3000 元出头。小孩才七岁，老公挣钱也不多，日子过得紧巴巴的。弟弟在广州开车，条件也一般。奶奶和母亲守在家里，房子无钱修葺，都快垮了。最要命的是，父亲依然好赌，谁也管不了。以前的债主经常上门讨债，没钱给，或给得少了，就赖着不走，甚至又打又骂，一家人无计可施。

我问莫卫兰：你们怎么不报案呢？

她说：没用的，欠债要还呀！

末了，她眼睛定定的，充满信任地看着我：叔叔你说，现在这么多赌博打牌吸毒的，怎么就没人管呢？

唉，我哪知道呢？纵知道，也不好说，说不清呀。我只好摇摇头。

许是对我的回答不甚满意，莫卫兰嘟哝了一句什么，慢慢走出亭子，执起扫把，扫起地来，越扫越远，背影慢慢模糊了。

想到她和她家里的遭遇，想到自己的无语，我又叹了一口气。回头发现我的摄像头并没关，我们的聊天被录下来了。只是没切镜头，小莫只有声音不见人，有点小遗憾。

后来，我还征得她同意，把聊天视频剪辑了一下，加上字幕，发布在视频号。相信有不少朋友看过了。我真希望，有更多人知道她的故事，关心一下像她那样的家庭，更有人引以为戒。

没过两天，我就出院了，不用再去亭下录视频，也没再与她聊过天。后来回去复查换药，在马路或负一楼车库，或远或近，见过几次她的身影。隔得近，便会打声招呼。

见是我，她都会热情礼貌地叫上一声：叔叔好！

有一次，她还远远地向我招手，兴奋地告诉我书快读完了。

最近一次，是我出院第55天，又去换药时，见她在亭边休息，撮箕扫把就靠在围栏上，亭中有人打牌，她并没观战，我特意走过去，与她聊了几句。

说到书，她得意地告诉我：书我已经看完了，我真是太喜欢了。我要让家里人都看一看。

我说：好哇！可以给你爸爸看一看，让他不要赌博了。等你儿子读完二年级，也可以学习了。

她的眼里现出希冀的神情。看来，我这《江流有声》，还真是送对人了！有人说，爱书的人，都是有梦的人，运气也都不会太差，莫卫兰也应如此吧。但愿我这书，或者书中某些文字，某些故事，能够帮到她，她的家庭，她的人生。

突然觉得，“莫卫兰”这名字不但富有诗意，冥冥中其实也充满了希望和祝愿：生活面前“莫畏难”，生活对她“莫为难”。要是真能这样，就太好了！

同时想到，小莫虽然文化不高、生活困顿，却爱学习，不被现实所困，十分难得，故对这段因书而结的缘分，觉得特别珍贵。

2022年10月12日

时光镜像

新高

有人云：人吃五谷杂粮，焉能无疾无病？

记不清是五月底还是六月初，也可能稍早或稍晚，臀部突然冒出一肿块，拇指般大小，类似疖子，摸上去也不痛。觉得不甚要紧，自行涂了点活血散瘀的药膏，希望将它消灭于萌芽。孰料肿块渐渐大了起来，不能不引起我的警觉。

一日饭后跑到社区门诊，羞羞褪下裤头，请值班女医生看了一眼，于是吃了一两周“散结丸”之类的药。心想先前的用药大体还是对的，更期借此神丸，消除此结。

没承想不但未见药效，患处还开始隐隐作痛。吃惊之下，去了一家医院做彩超，结论“肛周脓肿”，建议住院手术。这才发现已然没有悬念地中镖了，情况还似大大地不妙。

于是想起了一位有几十年交情的故友，在省中西医结合医院工作，正是肛肠科权威，便将彩超检查报告单拍照发了过去。

故友说：拖不起，快来吧！

故友姓何，名永恒，身高年龄与我相仿，身形却小一圈，且慈眉善目，满面含笑，标准的专家、教授兼好男人模样。

以前就知道他很出名。去住院了才知道，他岂止是出名，简直就是业内头牌，博士、教授、博导、博后导、享受国务院政府特殊津贴等职务和头衔不可胜数，国家级中医肛肠学会会长的帽子也稳稳戴在头上。

我入院没多久，网上新闻说，国家遴选“十四五”规划教材《中西医结合肛肠病学》主编，他又被确定为唯一人选，也算是难得的殊荣了。

无论怎么看，我这故友都是业内“大牛”。有病找他，准没毛病。

一通大小检查过后，手术排在第二天下午。术前谈话时，主治医生李一金大夫告诉我：手术过程中，可能出现这种情况或那种意外，增加这种风险或那种难度。

许是见我略显紧张，李大夫又安慰说：也可能做减法呢！

其实我也知道，谈话签字为例行程序，除非你手术不做了。躺上手术台，便是把一切——包括小命——都交给了医生。医生靠谱，才是最最关键的。

我还得知，手术将由故友亲自主刀。这自然是极好的。但心底还是微闪一念：这点小病，是不是杀鸡用了牛刀？

下午三时许，我平生首次走进手术室，爬上了手术台。几位医生护士开始为我忙碌起来。

首先是趴着腰麻。墙上有面电子钟，显示着时间：15：11。

一位女医生坐在我头前方，和蔼地问我有无热感，我却只觉颇有凉意。医生便说：加大一点剂量，再等等。

整整一小时过后，刚好16：11，女医生说，可以了！

“动刀子”的医生也现了身，何医生，李医生，身后还跟着一位我不认识的年轻人。后来我知道，她叫张沂婧，医院规培医生，研究生在读。

熟人驾到，打过招呼，还开了几句玩笑。知道手术不会痛，手脚都能动，我便把病体放心交给了他们。

虽然没有痛感，几位医生小声讨论的声音，甚至皮肤和肌肉被划开的声音，却清晰传进耳中。我无法参与发表意见，干脆继续扭头，看起墙上闹钟闪烁变化的数字来。

17：11，整整两小时，又一个很巧的时间。只听见何大夫轻轻吁了口气：终于做完了。

我的精神也为之一振，扭头问道：病情到底如何？

何大夫擦擦汗，望着我直乐：你这肛周脓肿加肛瘘，是近年来最复杂的。光摸清病情就花了半小时，手术又花了半小时。

李大夫也笑着补充：你就没做一点减法，全做的加法，典型地“创了新高”。

不就是肛周脓肿一疙瘩吗？怎么冒出了新名词“肛瘘”？还是最复杂？还创了新高？

听着这不很明白的病情却很明白的“判决”，我不禁大吃一惊。我自然相信他们的判断。我只是没想到，我这病情，在他们眼里，竟如此这般严重！

看来，这“头牌”，这“牛刀”，找对了！

我笑着说：也许我这病，就是专门考博士的呢！

他们也笑着配合我：那是，那是。

从手术室经户外回病房的路上，先后映入眼帘的，有蓝天，白云，阳光，树荫，还有墙壁，顶灯，探头，天花板，我瞬间有些恍惚：我这摇摇晃晃的，是到了何处？

后来我才意识到，我这是仰面平躺在病床上，以一种全新的视角和体验，在看着眼前移动的世界，难怪既熟悉又陌生呢！

2022 年 9 月 4 日

医师

住院月余，认识了好些医生，像热情爽朗的胡莹医生，名帅实也帅的王华帅医生，当天辅助手术的张沂婧医生，温和少语不知名字的周医生、吴医生，等等。

最熟悉的，自然还是李一金医生。

李一金是我的主治医生，三十上下，不高不矮，不胖不瘦，说他英俊潇洒、风度儒雅，半点也不夸张。后来听说，他毕业于湖南师大医学院，原来还是我学弟，对他更是好感倍增，引以为豪了。

对李医生的医术不敢妄评，但从不同医生换药带来的感受看，他确算又快又好。按他自己的说法，又快又好、一步到位的秘诀，就是先做好一切准备。

我还几次与他讨论，如果一发现疙瘩就去看病，有无可能免除开刀之苦。李大夫说：难。我问为什么，不就一个小肿块吗？李大夫说：表面看只是一个小疙瘩，其实里面早已波涛汹涌了。我反问道：这么说，早来有何意义？李大夫说：创口会小一点呀。

学弟此说让我信服，并暗暗吃惊和后悔。我只是不知这病是如何形成的，又如何上了我的身，我更没想到，这病竟然如此厉害和麻烦！

看样子真该无病早防，有病早看。教训惨痛啊！

李医生总是满面春风，未语先笑，对病人，对同事，对带教学生，都脾气特好，简直太难得了。

每次给我换药，他大都会带上一两个学生，像沉稳的小张、忠厚的小王、温和的小小王等等，为他们认真示范，细致讲解，告诉他们应该如何如何，不应该如何如何。

那一份耐心和细心劲哪，真让我这个学长和曾经任教八年的中小学老师，都自愧弗如！

许是因着他的熏陶，几名带教学生也颇有学弟之风了，让我相信他们出道后，也定会一样优秀。

如此，便是病人和社会之福了！

在我住院期间，学弟喜获麟儿，成功升级。还有什么比这更让人高兴的呢！

认识稍晚一点的，是肛肠科主任武明胜医生。

相较于文静、白净、秀气的李大夫，武主任颇为名副其实，身形孔武，心明眼亮，浑身上下充满胜券在握的自信，还自带三分威严，在熙熙攘攘的医生中，具有极高辨识度。

如果不是戴着一副文质彬彬的黑框眼镜，让人觉得武主任去做将军，或更合适。

当然，对于热情而又专业的他，做医生，做主任，也是极好的。其实，科主任也带兵呢！

上午查房，应该是他每天的重要功课之一。走进病室，他都会与病友热情打上一声招呼，问问病况，或者查看下创口，然后迅速反应，对随行医生面授机宜，技术权威的风采尽显。

好几次，因为找不到李大夫或别的医生，我还请他亲自动手，给我换了好几次药。那个时候，他又似一个极为细心而负责的普通医师了。

武主任应该只有四十出头，大略因为科里年纪最长，皮肤又偏黑，显得特老练成熟，便有好事者呼他为“武爹”，似乎他早已须发花白，升级为爷爷辈了。他倒也不恼，呵呵应着，快乐如孩子般。

武主任虽然长得五大三粗，却揣着一颗温柔而细腻的文学之心。我不揣冒昧，强送了一本散文集《江流有声》，他也高兴地收下了，说要好好拜读，让我喜不自禁。

有一个喜欢文学的科主任，科里的人文气息自然就更甚一些。好些个医生和护士都很喜欢读书，也似乎都爱上了《江流有声》，估计与他的潜移默化很有关系。

武主任还告诉我：他夫人也挺喜欢文学，他开车，她就给他读书听。真个是“不是一家人，不进一家门”呢，让人羡慕得紧！

2022 年 9 月 6 日

天使

因为是纯外行，我着实不太清楚，肛肠科护士是否算医院里比较轻松的一族！因为，她们起码是不需为术后病人换药的。

我的印象，医生似乎就是管看病开药的。没想到在肛肠科，那些在我看来又脏又累的换药的活儿，也是由医生而不是护士来干的。不知别的科室是否也这样。

当然了，不管换药的护士，依然是天使。

住院第二天，一大早，一位年轻护士拿来一大瓶水和一个“备皮包”，要求我侧身而卧，说要为我灌肠和备皮。

对这两术语，我差不多一无所知。起初还以为，“灌肠”应该是从上往下，用水洗肠，临了才知是逆向操作，从肛门向内注入。这不是“倒灌”吗？想想真是傻。

“备皮”就更闻所未闻了。护士解释后，才知是为了安全和方便，要先刮净手术部位毛发。也不知是谁，取了“备皮”这样一个似乎皮毛不沾款（方言，毫无关联意）的名词！

问题是，要灌肠和备皮，就需将绝不光鲜的屁股，裸露在一个年纪轻轻的小姑娘面前。这实在叫人有点难为情。

护士倒似全不在意，也不顾我窘，一个劲催我快点，她也忙着呢！

我只好一横心，照做不误。脸上有点发烧，心里却在感叹：做一名护士，其实也很不容易！

一个大男人，都尚且有心理障碍，这些小姑娘每天要面对千百样病人，她们是如何克服障碍的呢！

也许在她们眼里就只有病人，而病人的性别，早已被强制性忽略掉了吧。

只有这样的人，才能做天使吧?！我想。

这样的"困窘"，其实也出现在每天换药时。很多时候，也是由女医生、女学生给我换药。起初，我特别不自在。

记得有一次，我对一位女医生感叹说：肛肠科的病人真的是毫无隐私。

谁知那女医生却哈哈大笑：谁说没有呀？还有一点点！

我也忍不住笑了，困窘便逐渐少了起来。

肛肠科的护士虽然不用给病人换药，但其实也挺忙的。

好几次，我在走道上看到，一些身形单瘦的小护士，往往是左手向前，推着满满一小推车药，右手向后，也拉着满满一车，自己时歪时扭，夹在车中，将药分送到病房。

我走过去想搭把手，并问她们为何不分两次送，她们却总是不肯放手，示意我不用帮忙，说早习惯这样的强度和频率了。

我只好目送她们远去，消失在走道拐弯处。

当然，也有不用打针送药的空闲。这时候，便有护士坐在走道边小凳上看手机。开始我以为她们是在聊天上网呢，有天凑近一看，屏上却是一张耳朵穴位图。

我问她：要这么刻苦背穴位吗？

护士告诉我：每月都要考呢，只能抽空记。

护士们的排班似乎每天在变，戴上口罩，模样也差不多，因此辨识很难，好多人为我服务，却不知姓甚名谁。

一个多月下来，我好歹还是记住了几位天使之名，像干练的护士长杨静，热情的责护张慧霞，从他科前来支援肛肠科、又是安化老乡的吴师，曾支援过上海抗疫的何燕，酷爱读书的李彬等等。

记住李彬的名字，还有个有趣的小插曲。

有一天，吴师告诉我，有个叫李彬的护士很喜欢看书，也想得到一本我签名的《江流有声》。

有人喜欢我的书，自然是天大的好事，我高兴地送了她一本，并要吴师把她的微信推给我，也加上了。

李彬当天就给我发来了一段文字表示感谢，还说她正在读我的书，并对《江流有声》赞许有加。

我一看，这还真是一位爱读书、会读书的人，几句话特别是评语，也写得很有灵性，不觉对她产生了兴趣。

第二天，一名护士正给我打针，我向她打听道：哪位是李彬呀？今天上班来没有？

谁知那位护士却笑着对我说：我就是李彬呀。

我也忍不住笑了起来。这真是太巧了。

不过，这已经是一个多月前的事了。

近日突然从朋友圈发现，李彬身在拉萨。一问，果然是支援西藏，抗击新冠去了。看样子，李彬不但是才女，还是勇士呢！

也不知我的《江流有声》她带去没有，看完没有，对她的援藏生活有无启示和帮助！我那书中，就写有援川生涯，那也是藏区呢！

祝愿李彬和她的战友们在拉萨工作、生活都好好的。

我也相信，来自湖湘的天使定是藏区最美丽的风景！

2022 年 9 月 8 日

悟“浴”

住院一月有余，打针有护士，换药有医生，作为肛肠科病人，除了遵嘱按时吃药，大约只有一件事情是与治疗密切相关的，那就是“坐浴”了。

所谓“坐浴”，是指每次大便后，坐在一特制盆上，倒进医院自制的“祛毒汤”，兑满温开水，来浸泡冲洗患处和创口。

那汤，自然有消炎杀菌、清创止痛、去腐生肌诸效。

我一直比较腹诽“坐浴”这名，最主要是觉得“浴”的成色不足。不过就是半边屁股泡在药水里，何浴之有？

但我也没想出更好的称谓，只好随他。

不过，“坐浴”看起来简单，其实也是有讲究的。

首先是盆。找个普通盆，稍微大点，基本装得下屁股，自然也可以，但是不够专业。专业的盆在哪呢？

病房卫生间门后，就有它光鲜的照片，上面还有价格、联系电话等。

它的全名叫“银离子除菌坐浴盆”，粗看像剖开的半个苹果，细看却内凹成了两层，上部是符合人体工学设计贴合屁股的造型，下部自然是盛药水的所在，可稳稳当当卡在马桶腔体之中。其边缘还有数个漂亮的桃形孔，可让溢出药水流入马桶，而不是溅到地面，显然还是费了心思设计的。

而其最特别的功能，是底部有孔，用软管连着一白色充气球，用力按压气球，就可把水向上冲起来，方便冲洗创口。

照电话打过去，不一会儿，就有人把盆送到了房里，直让人好生感叹：这市场经济还真是无孔不入，只要有需求，就会有精明的老板干起来。

只是没用几天，我还因它小小郁闷了一把。

那天，当我以过来人身份向新来年轻病友隆重推荐这款神器，其夫人手机一扫，发现其网店价只有病房广告标价的一半不到。

如此我岂不买贵了？当时怎没想到“扫一扫”呢？

看来还是年轻无敌呀！

不过，新病友最后还是打电话，让人送了一个来。无他，等着急用呗！

由此可见，时间还真是金钱。深耕医院的老板打了这样一个漂亮的时间差，就做成了专供，且生意兴隆！

这是真本事，谁眼馋也没用。

好在那盆用起来还不错——其实也就用过这盆，没法比较。当然，这也是最好的事情。若还需换盆作业，不是盆盆大大地坏了，就是屁屁又大大地坏了。无论哪样，都不是好事。

不过，真要用好此盆，我发现，也需稍费心思才行。

比如，最重要的动作——按压气球冲水。

开始我以为，只要五指团起，用力握住那鸭蛋大小的气球，大拇指平时排名居首，似乎也最强劲，就让它率先发力，一挤一按，岂不就大功告成了？

谁知我拿起气球，以大拇指用力挤按，却发现并不是那么一回事，单单一个大拇指，既不好固定球面，也不好全力按压。甚至，按不了几下，大拇哥就明显力气不济了。

莫非平时牛皮哄哄的大拇哥，也有不太管用的时候？

我决定改变方式：大拇指平伸，微曲，以用力按定球面，下方四指则蜷曲，并拢，先箍住球体，再用力一握一松，就可以吸纳或挤出空气，把药水冲起来，以洗刷创口。

看来大拇指也并非什么都行，另外四指只要齐心协力，其力量和功效，是远胜于它的。

一次普通的冲水之举，让我发现了大拇指与四指间的微妙关系！

受此启发，我摸索出了四种挤压冲水之法。除了左右手分别合拳单冲，还有两手合作模式：或两拇指并排以固球，其余八指左右发力；或八指联合托底，两拇指相对而出，以联合挤压。这样一来，效果就好多了。

看来还是要各展所长、取长补短、团结协作、各司其职，才更有力量和效率呀！

为了更有规律，我坚持每种模式挤压一百次，再切换另一种。轮换一两回就需要十来分钟，冲洗次数也有了数百次之多，坐浴效果自然可以保证了。

每次坐上浴盆，随着一挤一按的节奏，压缩气球的“呼呼”声，水柱激起的“噗噗”声，水花冒出的“哗哗”声，无缝衔接在一起，似交响曲一般，每日数次的坐浴似生出了一点新意，不再那般枯燥无聊了。

甚至，连手劲都得到了有效锻炼。

记得开始时，每次挤压不到三十次，手就没劲了。天天坚持，到了后来，即使连续挤压一百多次，单手也能胜任，手劲明显加大了。

这也算是一举多得了。

由此我想到，不管何事，即使看起来非常简单，只要细加琢磨，还是可以从中悟出许多道道，找到许多更好的办法，甚至颇有收获。

这不也是一条人生经验吗？

2022年9月10日

八友

俗话说：铁打的营盘，流水的兵。套用到医院，似乎成了铁打的病房，流水的病人。病房没变，病人们却在不时进出，且谁也不想久待。

35 天住下来，屈指一算，竟然先后结识了八位病友。要得发，不离八，不知这是巧合，还是说明因祸得福！

那天我在护士站办好手续，朝右拐个弯，进了病房。有床三张，编号 22、23 和 123，两两之间，从上到下隔着布帘。

对，第三张床不是 24，而是 123，就 23 前加“1”。

后来发现，24 床在隔壁，另外两张，是 25 和 125。

床号为何这样编？是最开始每间 2 张，后增到 3 张，为方便省事，第三张床号就是在第二张床号前加“1”？还是为了一举多得，显得床位多些，规模大些？

不得而知，又想不出所以然，便懒得管它。

其实更感兴趣的，是我的床号 22。

冥冥中，似乎这对双胞胎数字兄弟，与我挺有缘的：名下第一份住宅，楼层 22；唯一投资的物业，房号 22；机关到企业第一辆用车，尾数 22。

没想到，今天，平生第一次住院，床号也是 22！

莫非是因为人“2”，那“22”号便如影随形了？或者，它预示着，为人须“2”，且“2”到底吗？

正胡思乱想间，有人推门进来，对我说：哟，来了新病友哇！

来人曾君，我认识的第一位同室病友。70 年代生人，小我 9 岁，123 床的主人。曾君天庭饱满，相如白面书生，亦如笑面佛，除了唤疼时有点皱眉。

问他为何这般叫疼？他说，没加得“止痛泵”！于是果断决定接受曾君教训，管它是否需自费几百大洋。术后几天，还真一点不疼，只是当晚头特晕，算有得有失。

不久，23 床的廖老兄也进来了，与我点了下头，他身后，跟着夫人。廖兄 70 出头，性格平和，寡言少语，最大爱好，就是偏躺于床上看电视，夫人絮叨，他就笑笑。

嫂夫人话多心也细，一会儿“伤口疼不疼”，一会儿“嘴巴干不干”，嘘寒问暖不停，让人眼热得很。对旁人也很好，见我就一碗稀饭做中餐，怕我挨饿，非要分点饭菜给我。

廖兄看电视，嫂夫人便侧身挤在床的另一头，在手机上打麻将。她说：老有所乐嘛！

同住四五天后，曾君与廖兄先后出院，黄兄与贺兄住了进来。他俩都是1962年的，我1964年，病房成了60后的天下。

黄兄国企刚退，一天到晚乐呵呵的，一看就是豪爽侠义的性情中人。正住着院，却经常念叨着一帮兄弟和外面的好酒好菜，瞧那架势，恨不得当天就带着伤口出院。

黄兄还很爱学习。见了我的《江流有声》，毫不客套索了一本，每天有空就翻将起来。只是好坏都没说，估计还在琢磨一针见血的评价吧，我等着呢。

贺兄则相反。也希望他索书一本，让我荣幸一下，他偏是硬着不开口，说他认字太少。对我的抖音号“学亮书屋”，倒是每天关注、点赞。不过，他最终没“撑”住，出院前还是主动找我要了一本，说要带回给侄子侄孙们好好看看。

贺兄江西人，个头不高，精瘦精明。当地医生割了他外痔，却不管内痔，把他逼来了湖南，也让我们好一阵唏嘘，恍若重听了外科医生只剪外露箭杆，箭头归内科管的相声。

贺兄其实有个文化之家。膝下一儿一女，女儿大学毕业，嫁在杭州，有个乖外孙，天天视频喊“外公”。儿子媳妇双博士，长沙从医。

说起媳妇，贺兄便赞不绝口，说要待如闺女。那“闺女”来看过贺兄两次，果然贤淑、孝顺得很。

但我更羡慕贺兄有个好侄女，他满弟之女，名唤慧婷。一个女孩子，手术当晚和后两天，主动留下来照顾病人，搁谁不感动呢？

一有时间，她就坐在贺兄对面，嘻嘻哈哈说个不停，也不知哪来那么多话，不像百灵鸟，也像小喜鹊了。她还“哗”的一下，拉开病床两边挂着的布帘，邀我和黄兄也加入聊天的队伍。

几天后临走时，她悄悄央我多陪她大伯说说话，说他爱说话，怕孤独。看来，这才是她说个不停的真正原因呢！

这年月，好多亲生儿女对父母的关心都不一定到位，她是侄女，却如此体贴懂事，殊为难得。贺兄有福了！

贺兄出院，40 出头的范总成了 23 床新主人，70 出头的父亲跟来做了陪护，真是不容易。范总也是“二进宫”，在当地动过手术，伤口没好就出了院，然后内部开始作乱，逐渐变得不可收拾了。当地不肯再收，只好来了省城。

他的遭遇等于给我敲了警钟：伤没治好，切勿轻易出院。

范总家在开店，手机会不时“叮咚”响起“米米”到账的动人提示音：“微信到账 1 元！”“支付宝到账 100 元！”“收钱包到账 1000 元！”

我们打趣他：范总发财了！

他总是憨憨笑道：小本生意，小本生意！

范总只住了八九天，就回家挣钱去了。希望这一次，他已好彻底。

新来病友，是26岁的胖哥小杨。我的病情是创了新高，他的年龄却创了新低。看样子，肛肠病不挑年龄哦！

让人佩服的是，小杨术后当晚，竟没让人陪护。

作为过来人，我曾善意提醒他：有6小时不能动弹，要打针，要喊护士换药，醒后可能头晕起不来，可能需要小解等等，最好有个人陪。比如我，就让一甥婿陪了一晚。

可他硬是没听，一个人坚持挺了过来。

我们只好感叹：年轻人，真行！

第二天，倒是有位美女给他送了午饭，还亲亲热热聊了半天，以为是他女友，他却说：同学呢！住得近，才劳她送饭。我说：努力转正呀！他说：功业未就，难呢！

小杨从事与网络有关的工作，没几天就白天出去干活，晚上才回来打针、换药、住宿。他说：叔呀！没办法呢！我不去工作，下个月房租还不知在哪！

想想也是。我只好鼓励他：会好的，会好的！

在这期间，前后无奈住了21天，每天苦恼于吃药、坐浴、照红外线的黄兄终于出了院，可以“呼朋引伴”，享受美好人生去了。说不定此时此刻，他正与三朋四友大快朵颐呢！

而我，则似乎成了病房“老赖”，两个创口还半大不小裂着，也似乎在警告我：出院没门。

我这才明白，何教授说“最复杂”、李医生说“创新高”，绝非随口的戏言！

123 病床换成了年届 46 的小陈。

叫他小陈，是因他小了我一轮，更因他心理年龄也小，爱在陪护的妻子小彭面前撒娇，伤口一疼，便“哎哟哎哟”，要哄半天才好。哄多了，还嫌烦，要妻回家；真要走，又急。

我笑他好腻味！

其实小彭也是假走，没几步就回了头，她也舍不得呢！有一次时间稍久，我以为真走了，原来是去煲了汤来，还非送我一份。小彭的痴情与热情，让人意外又感动！

小杨出院后，23 床难得地空了几天。其实中间来过一人，身形高大，却满脸病容，颇为苍老。妻子跟在身后，个头不高，也头发花白。

谁知他刚把两手提着的东西放下，一名护士就走了进来，说，很遗憾，他有多项指标严重超标，不能做手术。他又只好再次打点行装，好不情愿地走了出去。

他妻子悄悄告诉我们，她老公已是癌症晚期，无力回天了。可他硬要来做肛肠手术，她也没办法。

我却很理解他的选择。谁都有求生本能嘛！何况他也许并不知道，自己得的是癌症，还到了晚期。

为难的倒是这些至亲，说不能说，治不能治。

真希望有人保佑他们。

在我出院的前一天，黄老师住进了 23 床，成了我最后一位病友。

黄老师在高校工作，个头不高，举止儒雅，言语不多，典型知识分子风范，只是头发欠茂密，算是典型的聪明绝顶。

问他为何中镖，答曰“坐多了”。我说怕不尽然，不久前有位女病友，说她一天到晚走走走，也中了招。我们便相互叹息。

黄老师是夫人陪着来的。估计也是高校知识分子，说话做事一板一眼，样样透着精明，对老公的体贴照顾，更是细致入微得一塌糊涂，颇有点含在嘴里怕化了捧在手里怕丢了的戏剧美感，黄老师却似乎有点招架不住了。

我们打趣他身在福中不知福，他便又笑起来。

因手术在次日，夫人主张当晚回家去住。黄老师觉得没必要来回折腾。后来夫人独自回去了，算是“解放”了黄老师，一室三友聊了许久。黄老师其实是个健谈的人。

第二天，黄老师做完手术回病房时，我也办完了出院手续。与老黄、小陈道完别，我提着行装，大步流星，出了医院。

占据了 35 天的 22 号病床，终于空了出来。

在我住院期间，曾君、贺兄、廖总诸友因为复查和拿药，曾回过一次医院，也回访过当初病室。说不一定在他们心中，那段日子虽不值得留恋，却也让人难忘呢！

我估计是回去的次数最多的。原计划每周复查一次，谁知周二出院、周六复查时，李医生说，以后两天来一次吧！等到第三或第四次的时候，武主任又改了口：以后每天来换一次药吧！于是就持续到了现在。

好在武主任几天前告诉我：看起来情况不错，再观察一两天，就改为三天复查一次吧！

看样子，真的曙光在前了！

每次去换药，我都要回访一下曾住过的病房。头两次，22 床黄老师还在，自然要亲热地说上几句话。第三次去，碰上黄老师正要去办出院手续，心底里更为他高兴了。

时光如白驹过隙。眨眼间，一个月就过去了。几位病友出院后，除微信、抖音上偶尔互赞，鲜少直接联系。也不知他们的病是否彻底好了，其他是否一切都好，特别是廖、陈、黄诸君的滚烫爱情，是否仍在缱绻上演?!

心底里，还真有点想念他们!

我想，如果他们得知我虽出了院，却差不多每天都还要去换药，也定会为我送上诚挚的关心和祝福!

这，就是经历过同种病痛折磨的病友。

2022 年 9 月 16 日

美图

我的心底，悄悄保留着一幅美图。

美图的主角，是一老一小。长者是一位男士，已是耄耋之年，小字辈为一位女士，年龄不详，大约四旬上下吧。

那图，采撷于医院的食堂。

食堂在病房前的水泥院坝之下，其实是随坡就势，在山坡上凿出一块平地建起来的地下层。面积还不小，怕是有数百上千平。从病房负一楼出去，可直接抵达。

妙的是从病房到食堂的路上，还有棵枝繁叶茂的大樟树，根扎在负一楼，枝却在云天里，一楼地面为它洞开了一扇窗，围了一遭栏杆，摆了一圈石凳，将它打造成了一处美景。

每天早晚，气温稍凉，便有好多人在此闲坐溜达，十分惬意。我也曾多次为它举起手机，拍照留念。

但若要论热闹，还是要数地面下的食堂。每天早中晚三餐，特别是高峰时段，这里都会人头攒动，购买饭菜的窗口前，歪歪扭扭排着的队伍，常会占据食堂小半空间。

这处食堂主要为病人服务。各种住院病人、探视的人、陪护的人群聚集此处，这里就变成了一个小社会，上演着人间的万象。

记得刚入院不久，有天中午，我打好饭菜，在熙攘的人群中找了个空位，歪着身子坐下来，发现对面是位须发皆白的老者，正友善地望着我，便与他攀谈了几句。我问他：您老高寿？

老人竟然调皮地对我说：你猜猜看！

我再次打量了一下老人，似乎比我当年八十岁时的父亲偏老一点，便说：八十有二？

老人得意地告诉我：九十二啦。

我说：恭喜恭喜，您老高寿！

当老人听说我母亲今年九十五，又反过来祝福我了。

听老人说，他是北方人，年轻时就来了长沙，在湖南工作了一辈子。儿女都已长大，也都有出息，他是万事无忧。

老人颇有谈兴，还特别提到妻子，说她聪明、能干、贤惠、身体好，是他来湖南后，于万千人中一眼发现，然后穷追到手的。

我问：那您老伴怎么没来陪您？

老人说：不用不用，我身体好得很。

我不觉有点疑惑地问道：那您为什么住院呀？

老人说：最近心情不太好，就来住几天。

这一下我更糊涂了：这也是住院的理由？

我也就碰见过老人一次。许是他心情变好了，出院了。

有天中午，我找空坐在了两位七十来岁的大姐对面。

她们一胖一瘦，一高一矮，似乎已吃完饭，一个在嗑松子，一个在切西瓜。

我刚坐下，瘦大姐就抓了一大把松子递过来，非要我吃，说松子很有营养。

我还是婉谢了她的好意：我这阵子只能吃流食呢！这松子，大概进口容易出口难吧！

正切西瓜的胖大姐接过话头：没事没事，吃点坚果，对身体有好处。她一边说，一边比画着手中的西瓜刀。

瘦大姐连忙按住她的手：你别对着人舞来舞去呀！

胖大姐不好意思地笑了。

我也笑了，心想恭敬不如从命，于是接过了松子。

这两位大姐，真是太热情大方了！

后来，我还在食堂见过她们几次。有一次，见她们正向一位男士热切打着招呼，还远远递上了一瓶腐乳，刚好那男士坐我斜对面，便好奇地问他：你们是同事，这么熟？

男士回道：不是呢！同科的病友。

看样子，他们科的病友交流活动要胜于肛肠科呀！

我问：你们这是什么病？

他说：糖尿病呢！

我心想，这病，可比肛周脓肿加肛瘘麻烦多了呢。

听说糖尿病人食欲特好，却须忌口，因此痛苦不堪，也不知真假。但看他们开心吃喝的样子，却似乎没太当回事！

想想也对。开心快乐，才是治病的最好良药！

就是在这样一些普普通通的日子里，在每天熙熙攘攘就餐的病友中，有天早上，突然冒出了一幅令人感动的图景。

左前方，隔着两三排座位，一位大约四十上下，身形微胖，脸蛋、肤色还算不错的女人，缓步推着一辆轮椅，在走道边的一张餐桌外侧，小心停了下来。

车上是位耄耋老人。他戴着住院手环，满头霜发，略显憔悴的脸上，还有几处明显的老年斑，好在虽是病中，气色并不算太差。

看来老人腿脚不太方便，只能坐在轮椅上就餐了。

不一会儿，女士端着一小盒稀饭，拿着一把调羹，轻步回来了，看样子老人也还只能吃流食。

我本以为女士会将调羹递给老人，没想到她却直接给老人一口一口耐心喂了起来。老人吃得不紧不慢，偶尔还左顾右盼一下。吃饱了，便摇摇头，女士这才放下调羹。

莫非这老人的手不听使唤？莫非这女士是老人女儿？

我不觉有点好奇。

又过了两天，我再一次碰见了他们。

老人坐的轮椅依然摆放在餐桌旁，依然是那位女士，一口一口地喂食。只是这次喂的是米粉，用的是筷子。有趣的是，老人右手也握着筷子。

这次的早餐还多了一个鸡蛋，本来搁在桌上，不知为何，却突然不安分地滚了起来，眼看就要掉下桌去。老人见状，马上伸出手去，敏捷地把它按住，然后拉了回来。

咦，原来老人的手是好的，不但可以动，还蛮灵活的呀！

我不觉更好奇了。

刚好隔得不远，我特意问了女士一句：是你父亲？老人高寿？

女士莞尔一笑：不是我父亲呢，我是他家保姆。老人今年八十八了。

你是保姆？你这表现，可比做女儿的还好！

那女士笑了笑，算是回答，转身推着老人走了。

有一天，排队打饭的时候，刚好与那位女士挨在一起，于是趁机聊了几句：

老人的手是好的，应该可以自己吃，你怎么还喂呢？

老人年纪大了，好也好不到哪去！我喂一下，他就轻松一点不？

那你可就辛苦多了！

也还好呀！毕竟我还年轻！

想想也有道理。突然想到媒体报道过的“高价保姆”，莫非眼前的她，就是其中之一？我决定直截了当问她一下：

老人给你开的工资应该很高吧？

没有呢！也就四千块钱一个月。

这一下，轮到我吃惊，甚至有点羡慕那位老人了：四千块钱，能请到这样尽职尽责的保姆？！她的身上，实在太多优点了。

我甚至想：如果若干年后，七老八十的我也能请到这样的保姆，那无疑是我的福气，须谢天谢地了。

无论如何，这都是一幅非常难得、非常美好的图景。

2022 年 9 月 26 日

新疾

有道是：屋漏偏逢连夜雨，船迟又遇打头风。这句话如果加到住院的我身上，大概就是旧病还未痊愈，新病又来凑热闹了。不但正儿八经，且前搭后，来了兄弟俩。

首先是眼疾又犯了。右眼畏光，流泪，结眼屎，上眼皮发炎肿大。想到正住院，天又热，不太适宜多动弹，便去找李医生问计。

李医生说，可以住院部开单，去门诊部眼科会诊。

“会诊”一词，以前是听说过的，只不过以为碰到重大疑难疾病，才需把各路专家聚到一起，让他们各抒己见，共商治疗大计。

没想到住院时跨科看个病，也叫“会诊”，还要自己去，简直有点“大词小用”了！

去就去呗。

于是到了眼科。医生看了一眼，会诊单上写下了一软膏一药水的建议，要我回肛肠科找李医生开处方，再由药房配药给我。

等我拿到药，已是第二天。又一个没想到！

事后想，早知道这样慢，还不如直接去看门诊呢！

没想到的是，眼疾未愈，头又疼起来了。

准确点说，是右耳后方那一片疼。按照经验，这是偏头痛又犯了。这病，每年总是要闹上几次。也懒得去看医生，找出原来的方子，直接去药店，照单抓药。

孰料吃了两三天，却不见效，且疼得更烈了。且前几天的眼疾也未见好，相反更红更疼了，决定换到隔壁医院，看专家号去。

先到了眼科。女大夫一见如临大敌，说我得了“红眼病”，有传染性，要登记上报。心想幸好不是新冠肺炎，不然被隔离可就惨了。

看过我用的两种药，大夫说，眼膏不要用了。然后又新开了三种药。其中有一瓶药水，是红色的，也不知是不是“以红攻红”，专门对付红眼病的。

好在用药两三天后，那红，那疼，那肿，便息了下来。

看样子，那医院，那医生，那药物，都选对了。

神经内科也是一位女大夫。听过病史，看过我自作主张吃的几种治偏头痛的药，也叫我停掉，另外换了几种药。

可惜没见效，不但症状没缓解，相反让我更加头痛欲裂，更加彻夜难眠了。为了止疼，我甚至还把肛瘘手术后吃剩的止痛药，一股脑灌进了肚子，可惜也没冒一个泡。

作为每年都要头痛几次的资深患者，我感到，这一次，是遭遇真正的强敌了。

想到西医已看过，不同的药也吃了两轮，不能再这样子继续下去了，决定改弦更张，退回看中医去，于是去了脑病科门诊。

网上挂号，知道坐诊医生姓梅，名志刚。网上一查，年纪不甚大，却是业内大咖，博士、教授等响当当的头衔一大堆。巧的是，还是湖北调来的老乡，更多了一丝亲切。

听过我以前特别是近几天痛苦的病史，看过我列出的一长串药名，双手仔仔细细切过脉，又沉吟了好一阵，沉稳的梅博士这才慢慢口授处方，让两位助手在电脑上记了下来。

这架势，真与老中医无异了！

其实也不尽然，记得有一年，曾到某著名诊所看过一次名老中医，白发飘飘的。他就瞄了我一眼，闻问切啥也没有，“噼里啪啦”开出了一大堆药，价格不菲，效果却并不好。

我探头看看诊断结论，发现还是偏头痛。可那些西药，为啥就不见效呢？

开到某味药时，梅博士停了下来，说，这味药有点贵，又不可少，看能不能找味药替代一下？助手搜索了半天，却没发现替代品。梅博士似乎颇为遗憾，说，只能贵一点了。

我问：这味药多少钱？

梅博士说：一剂要二十多块。

我的心也小小动了一下：现在确实有好多医生就怕药不贵，梅博士竟然嫌不过二十几块钱的一味药贵！

心底不觉为这位老乡骄傲起来：真是难得的好人哪！

梅博士告诉我：先吃完一个星期，周六再来复诊。

我说：平时不行？

梅博士说：平时我在大学上课，只有周六上午才来坐诊。

原来他的主业是老师，怪不得书卷气那么重呢！

临去药房取药，我问道：以前剩下的药还吃不吃？

梅博士说：都不吃了！

我开玩笑说：那我前阵子的药，是不是白吃了？

梅博士笑了：也不能说是白吃。不吃，怎么知道不见效，不对症呢？它们帮你排查了病因嘛！

想想，也似乎有道理。只是，如果不用试药，那该有多好！

那药，是加工好的颗粒剂，装在带格的小圆盒里，一天两次，一次一格，七天近五百元，确实不算便宜。有病在身，自然顾不得了。好在不难吃，似乎还有淡淡的甜味。

那药，其实也没有立马见效，前两天的痛感，似乎与之前差不太多，让我都有点怀疑和动摇了。但西医中医都看过了，我还能怎么办？

好在从第三天开始，疼痛症状明显缓解了，且一天天好起来。一周药吃完，似乎已经痊愈。但我知道疗效需要巩固，于是遵嘱，去找梅博士复诊。

梅博士又开了七天的药。与上次处方相比，加了三味药，除了不知效用的钩藤和胆南星，还有一味是苦得不得了的黄连。莫不是梅博士听我说药微甜，故意加上的？

但我更好奇的是梅博士将细辛从5克减去了2克。5克本来就少，留下3克，有多大区别和意义呢？

许是见我求知若渴，梅博士便耐心解释说：区别大着呢！细辛止痛效果虽好，毒性也不小，从古到今，都是“细辛不过钱”，按现行标准，就是不超3克。因为你这偏头痛特别顽固，我才加到了5克。现在你的疼痛症状缓解了，剂量就要减下来，所谓“中病即止”嘛。加进黄连，不但为清热燥湿，还为了解毒。

经梅博士一番解说，我虽是门外汉，一听倒也豁然明白了。看样子梅博士不但是好医生，也是好老师呢！

算上肛肠科的武主任和李医生，梅博士是我因为住院，近距离熟悉的第三位医生，也都是教书育人的老师。区别是，前两位以临床带徒为主，梅博士以开课授徒为主。

但从他们身上，我却看到了现代医生和医学院老师们的共同品质和风采！

2022 年 9 月 30 日

康友

今年元月，因为散文集《江流有声》面世，天南海北多了许多“书友”。每想到热情的书友，常常热血沸腾。七八月因为住院，又结识了好几个患难病友，“病友”一词也首次入了文章。

这俩词以前是知道的，只因在生活中缺席，便没有使用机会，不想今年全部挤进了我苦乐参半的人生，成了常用词。

那么，因健康问题而结识的朋友，可否叫“康友”呢？我还真不知道。

百度了一下，竟然似乎没有“康友”这词，只有几家“康友”公司。如此看来，“康友”算我独创了。

但这“友”，却是实实在在存在的。

最直接的康友，自然是医生。

记得几十年前，我在杨柳池教高中，区医院有个医生对我说，最好莫和医生交朋友，因为找医生，肯定没好事。但我一直不太认同。

人吃五谷杂粮，岂能少得了医院和医生？

且照我想，病人与医生，该是世上最和谐自然的关系之一。我是他病人，他是我医生，我把命和信任交给他，他把毕生所学和生的希望带给我，还有什么比这更有价值和意义？

更进一步，如果进了医院，做了病人，把病治好了，还与医生交上了朋友，这有何不好呢？

比如这次，我与给我治病的几位大夫，像肛肠科主任武明胜、主治医生李一金、脑病科医生梅志刚等人，都成了朋友，起码于我是如此，这何尝不是我因病得福？

如果生病之前就与医生是朋友，或曰交上了“康友”，后来即使成了他的病人，那不也是不幸中的万幸吗？

这次住院前后，我就得到了多位“康友”照顾。

第一位，自然是主刀的何兄。算起来，我们结识二十好几年了。那时他是省中医院的肛肠科主任，我俩因夫人为同科护士而结识，孩子也差不多大小，两家交往自然多了。

更让人怀念的是，他家老太太比家母年轻一些，还特别热情好客，又做得一手好菜，我们常去蹭饭，奢享了何家的许多天伦之乐。

唯一没想到的是几十年后，我真成了何兄病人。确认病情后，第一时间想到的，就是找他“了难”。谁叫他是业内“头牌”呢？何兄自然是尽心尽力，手术亲自主刀，治疗全程把关。

唯一不争气的是我那创口，老是消极怠工，长得极慢，已近百日，还有小坑待平，倒也应了手术时医生们“最复杂”“创新高”的研判！

第二位“康友”是凌姐，耳鼻喉科的大牌。年龄或比我小，因与夫人是好姐妹，也就随妻叫了。她家先生，倒是地道老兄，虽工作不搭界，他高校我国企，日常交往也不多，却是惺惺相惜的好友，记得为学校新月湖做的一篇小文，还有幸入了老兄慧眼，得到了力推。

住院本小事，自然不会惊动凌姐。只因去眼科找另一名大夫会诊，不期她正坐在里面，还先看见了门外的我，这才被“曝光”，还挨了一顿暖暖的“批评”，怪我没告知。第二天，热情的凌姐便拖着先生专门来看我，让人感动莫名。

其实并非故意隐瞒。人生在世，大家都忙，除非必要——比如找何教授治病，一般我都以“不添麻烦不惊动”为原则。也有结识许多年的“康友”，至今不知我住过35天医院呢！

住院期间，还真让凌姐看了一次病，进一步享受了“康友”服务。因为头痛不愈，脑病科会诊建议磁共振查病因，结果报告说鼻腔后壁增厚，建议去耳鼻喉科进一步核查，吊得人心里七上八下。

刚好凌姐当班。一通检查下来，她肯定地告诉我：放心，不是肿瘤。原来，后壁增厚意味着很大风险呢！

这便是凌姐为人之长。对病友也好，对康友也好，总是给人最贴心的温暖、最切实的帮助、最需要的答案。

第三位“康友”是位小帅哥，也是小老乡，叫周围，在长沙创业，开了家网店叫“豆豆优品吖”。本是卖些日常和医疗用品，为支持《江流有声》，还特去办了“许可证”，无偿无利把书挂了上去，妥妥的“铁粉”一枚。

听说我因脓肿肛瘘住院，料想应与久坐写字有关，推断颈椎腰椎也好不到哪去，周围便特地送来一提三盒“黄种人远红外磁疗舒通贴”，说是店里热销，让我也好生用用，有效再送，他也就由“书友”升格为可心“康友”了。

那贴我没来得及启用，就赶上国庆回家，便给常常腰酸背痛的母亲带了两盒，让她与以前的膏药换着贴，说不定效果会更好。大嫂和三姐见了，也试贴了几片，马上感觉有反应。于是在网上下单，买了几十片送她们，也没告诉周围。

谁知这单却卡在半路，坚决不肯前进了。只好向周围求援。他二话没说，重寄了一份，还多寄了十片，并特地申明不要钱。这，就是“康友”周围。

想到他肯定会拒收，还会说我生分，我也就懒得给他补差了，只希望快递公司早点把第一单的损失赔给他。

“康友”赵千仪则是位大美女。如果说从医的何兄、凌姐算圈内人，开网店的周围算圈外人，赵美女学医出身，又从事健康产业，大略可算正宗圈沿人了。

我们萍水相逢于一次聚会。朋友投资房车，力邀我去看看，盛情难却，便想通过聚会交几个书友也好。

记忆犹新的是节目互动环节，技拙如我者只能靠朗读《江流有声》中的《幸运儿》片段，勉强过关，赵美女则落落大方，做了即兴演讲，内容忘了，只记得人漂亮，话也漂亮，如教师般知性理性，赢得大家阵阵掌声。

从朋友圈得知我因肛周脓肿和肛瘘住院，赵美女特地告诉我，肯定是肠道出了问题。我这才知道，她是从事健康教育管理的老师，她也因此成了我的“康友”之一。

在我现有知识结构中，生物这块基本为零，赵老师算是为我狠狠地开了荒。她不但把微生态的知识讲得专业精准，还浅显易懂，特别是给出的一组组关键数字，更是振聋发聩，让人印象深刻，也让我再次见证了赵“康友”演讲的力量。

临了，赵老师还推荐了李兰娟院士主审的一本书，就是我最近每天在读的《微生态》，它的副标题叫做“生命健康的基石”，算是把微生态的重要性说深说透了。

真要感谢赵老师和李院士，让我知道人体内部和大自然一样，还有一个完整的微生态系统，且对人体健康至关重要。

但说到底，还是这次住院经历震惊了我。以前总觉得，健康问题还隔我老远，有也是小病小灾，根本没想到小小一个肛周脓肿，就可耗时数月，耗资数万——虽有医保，自费也近万。

疾病面前，钱就如哗哗流水，多大池子也经不起久放；没了健康，钱也就是个数字，没有多大意义。

了解微生态知识后，我更进一步感到，也许维护健康的最好办法，真是平时积极主动花点小钱，增强免疫力，努力平衡自身微生态，争取不生病、少生病、生小病。

这，似乎才是我等应该努力的方向。

我决定采纳赵老师的建议，从已发生问题的肠道入手，通过补充益生菌，改善微生态状况。

开始觉得小贵，有个懂行的外甥女说还算公道。几年前她母亲严重类风湿，痛得要死，指头都伸不直，她便花钱帮她母亲补充蛋白质，增强抵抗力。两三年间，病也基本好了。她的话，我自然信。

首次购回的饮品分成了两份，我一半，母亲一半。母亲吃后说，这药面面，甜甜的，像老家为保持麻糖干燥用的泡儿面。我告诉她，这不是药，是饮料。母亲便笑着说，以为是药呢。

母亲年纪大了，肠胃也一直不太好。好希望这次通过补充益生菌，让母亲有效改善肠胃环境，更加健旺。

假以时日，我也希望像我的“康友”们一样，多多成为帮助他人不生病、少生病的“康友”，果如此，那就太好了！

2022 年 10 月 15 日

长疗

此节标题，叫“查疗”或更准确，就是出院后复查治疗的意思。突出“长”，是因这段时光，实在长了点。

写下此题时，是我出院后的第 64 天，快达住院时间两倍了；也是我住院治病以来的第 99 天，明天就是百日。

当然谈不上度日如年，但也确实没想到，一场似乎并不大的疾病和手术，也如伤筋动骨般，耗到了百天关口！

好在昨天下午，肛肠科武主任查看伤口后告诉我，还换两三次药就行了；再监测半个月没事，就万事大吉了。

如此说来，我终于可以在一百来天的时间里走完治疗程序，四个月之内彻底解除警报了！

谢天谢地谢医生！

过去 64 天，我大约只有 10 来天没去医院换药，应该算是颇为听话守纪律的病人了。

最开始，计划三天复查一次；第三次去，李医生说，两天来一次吧；没过几天，又说，还是一天来一次吧。

为什么呢?

不知怎么回事，我那创口，内口长得特别慢，老是大坑小坑长不平，外口却又飞快。去医院换药，除了彻底清污消毒，主要是为了放纱布条引流。

李医生告诉我：每天把创口处理干净，放上纱布条引流，可以促进内口生长，阻滞外口肉芽和皮肤生长速度。一旦外面长得快，甚至封住口了，细菌在里面兴风作浪，那问题可就大了，所以宁愿麻烦一点，每天换一次。

我说：你不怕麻烦，我还怕麻烦?我每天来就是。

从事健康产业的赵老师听说我的情况后，告知我小分子肽有助细胞生长，并送了我两小包含肽食品，建议我撒在伤口上。

我有点吃惊：这食品也可做药品?

赵老师说：当然可以呀！盐是食品，也可消毒呀。

我其实觉得有道理，心想试试也无妨，说不一定也是一种中医创新呢，但估计李医生绝不会同意。

后来，我真把小分子肽带去了，李医生也果然一口否决。我便讲了先前这个故事，李医生说，还是学长最懂我。

李学弟的表扬让我忍俊不禁，那小分子肽，便做了我口中之物，发挥传统作用去了。

我这学弟，是个特认真、特坚持的人，我自然只能听他的。每次看到他身着白大褂，走路带风，衣袂飘飘的时候，我便想，这真是一个难得的好医生。

每天到医院换一次药，只能在上班期间。那早晚时段怎么办呢？摸索着自己干！

在我看来，换药并不难。借鉴李医生等人的手法和程序，便后盐浴擦干，棉签蘸络合碘消毒，先小块纱布对折，涂药膏，中指定位，按实于股沟患处，外敷纱布，一横两斜用胶带固定好，如此不就大功告成了吗？

至于放纱布条引流，因为看不见，实在操作不了，只好作罢。心想每天有医生放一次，应无大碍吧。

我原以为，我的自我换药之作会得到武主任的认可。谁知武主任老实不客气地告诉我：你换得再好，也就那个样！换药的事，还得专业的医生干！

简直是一针见血，说得我一脸不好意思。

我何尝不知道术业有专攻，差距自然很明显，更何况是在眼睛够不着的地方干活呢！

但我不是没办法吗？要是附近有人有医院可替代，那该多好，至少不用每天来回一个多小时跑医院！

附近社区其实有个门诊点，我曾在那里开过中成药，试图消解掉脓肿，可惜没见效。那天我特地找到值班医生，是个中年人，给他看了患处照片，告诉他我想在这里清污、换药、放引流条等等，还告诉他该如何如何。

谁知他却不肯接招，说是实在干不了，建议我还是到专门医院去换。

这才知道，我们社区医生的水平确实有待提升。住院和复查过程中，好多为我换过药的，都是刚毕业的本科生或在读研究生，为啥基层一线的中年医生反而干不了呢？

国庆回家时，我也抱着试试看的想法，跑到县第二医院，问能不能换药，没想到医生肯定地说，能，简直让我大大地松了一口气。赶快 1 元挂号，29 元换药，几分钟搞定。回头发现，城乡换药费用基本相等。

我之所以匆匆忙忙跑去二医院换药，是担心几天不放纱布条，外口又长快了，再挨上一刀，那就太划不来了。

我已经有过两次无比惨痛的教训。

第一次是在出院半月后，武主任、李医生发现外口快要封住了，不利于引流和内口生长，决定重新把它切开。

武主任说，手术很简单，就是用激光刀，把长好的创口再切开一点。大略因为规模太小，手术是在换药室做的，武主任亲自执刀。

原以为打了麻药，应该不痛，没想到激光的高温，先把人烫了个半死，激出一身大汗，也不知是冷是热。激光刀虽快，但那种钻心之痛，与钝刀割肉无异。

如果说这第一次“挨刀”，还含有几分无奈，第二次，便似乎是“自讨苦吃”了。

到九月下旬，伤势恢复还算正常，可以两三天去换一次药了。谁知月底有个星期，因为有事占住，也有几分侥幸，就没去医院放纱布条，只是自己每天处理一下。

一周后再去复查，果然大事不妙，主要还是内口远未平，外口又快封住了。李医生决定，再次把它切开。不用麻药，也不用激光刀，就用刀片，直接切。

这次被无麻切开创口的彻骨之痛，真是无法用语言形容，反正激光刀带来的痛感，已绝对是小儿科了。

因为有错在先，只好咬紧牙关。从那以后，我发誓坚决听从医生的建议，每天哪儿也不去，雷打不动地去换药，力争波澜不兴，尽快把病治好。

有啥办法呢？教训深刻，痛彻灵魂嘛！

其实也有不长记性的时候。出院不久，我就受凉感冒了，咳嗽，浓痰，鼻塞，迄今两月余。

但我强力对抗着，一直没去求医问药。也不知是否因手术降低了抵抗力，它老是不好，昨天似乎还有加重的迹象。

我这才忽然想到，这对抗有啥意义？怎能又这样？

午饭后立即去了药店。几种药服下去，症状便有所减轻。我为什么不吸取经验教训，早看早好呢？

看样子，一个人要改掉错误，不管大小，真的都难！

好在铁的事实再一次提醒我：医生的话，不听还真不行。比如：无病早防不要等，比如补充益生菌；有病早治不要拖，拖成大病更害人；治，就要积极配合医护，按照规矩程序，一步一步地来；等等。

这，大约可算百日治病经历带来的最深感悟了。

希望今后能牢记这一点。

2022 年 10 月 20 日

跋

交出《大地无言》书稿，不由得长舒了一口气。

记得2021年《江流有声》即将付梓时，我心中满是忐忑，因为我不太确定，这些浅显平易的文字是否真有面世价值，会否在读者心中荡起几丝涟漪。是谢朗宁等几位责编和校对朋友帮我坚定了信心。她们说：非常舒服，真心喜欢！

这一次，因为《江流有声》的读者朋友们给予的力量，信心似乎要足一点。这其中，有我的同龄人，更多是中年、青年、少年；有传统读书人，更多是普通的打工者、种田人；有熟悉的老师、同学、同事，更多是素昧平生的文朋诗友。

他们告诉我：本不喜欢读书，却因《江流有声》爱上了；本不喜欢散文，却一字一句把她读完了，连自己都不敢相信；本想随手翻翻，不意竟爱不释手，最后是端坐书案，差不多读了一个通宵；本以为自己是铁打的汉子，却好多次因她热泪盈眶，甚至又哭又笑……

与此同时，由湖北荆门书友李蓉、杜美菊、肖琴、张全兵、陈丹等主动打头，湖南湘潭吴磷峰、王继位、谭清红等积极跟进，湖南长沙胡先涛、顾清风、谢珊、唐乘花、胡蓉等持续助力，老家恩施郑远宏、胡吉安、汤运喜、谭志辉、陈安荣、谭云周等遥相支持，还有北京陈炫名、上海冯程、杭州黄圣乔、东莞覃业春、岳阳周自然等也纷纷加入，或张罗分享会，或撰写书评，或下单赠友，让《江流有声》一步步走向了广泛、陌生而又亲切的读者……

这些朋友散布在天南海北，真是不胜枚举。我们因书结缘，我们更惺惺相惜！

唯有真情最动人。因为他们，我更加相信“真”的力量：只要以“真”为圭臬，萃取真材实料，饱蘸真情实感，即使文字再平易质朴、再不动声色、再不事雕琢，总是会有真心喜欢她的读者存在，总是可以在这个寂寥的世界找到真正的知音……

正是感应着师友们的呼吸与心跳，才有了现在这本新书。

在关心、支持我的众多师友当中，最让人感激和感动的，无疑是为本书赐序的舒其惠先生。

先生是我 1990 年报考湖南师范大学中文系当代文学研究生时的导师，后因故我才改读古典文学。其间一波三折，详见《江流有声》之《面试奇遇记》。先生当年的再造之“恩”，让我没齿难忘；先生后来的宽严之“导”，更让我受益终身。

记得九月入学不久，想到已经转到古典文学方向，无缘跟着先生研习现当代文学，我便拿了旧文《阿多形象新论》，跑去向先生请教。先生很认真，写下了许多精辟意见。我大多接受了，却也对若干条固执己见。没想到的是，先生不但没为难我，还把文章荐给《中国文学研究》，次年第一期便发了出来。印象中，我是同级学子中最早发表学术论文的。这是先生予我的殊荣。由此我也知道，对于相左的学术见解，即使来自弟子，先生都是特别宽容的。

而在其他方面，先生常常“严”字当头。研究生毕业后，我去了省财政厅，免不了与金钱打交道，援川时还具体管着几十亿资金，理论上存在巨大廉政风险，所以每次前去做客，先生都会正儿八经对我进行“廉政谈话”，生怕我有什么闪失。虽然我自律尚严，绝不涉险，但先生严肃认真之态，耳提面命之举，谆谆告诫之意，如父如母，让我一次次动容并暗下决心：纵不能争光，也绝不给导师脸上抹黑。

今年春节前去拜年，我见先生精神颇为健旺，气色还胜似往年，不觉心念一动：何不请先生为新书写几句话呢？潜意识里，其实是想给先生找点脑力活做做，让先生敏捷的思维不要闲着。可话刚出口又后悔了：先生毕竟已届“米寿”，精气神再好，也不能如此冒昧“派活”呀！

谁知先生一口便答应了，半点也没犹豫，还立即动起手来。没几天完稿后，先生本要他公子送给我，临走却又要了回去，说还要字斟句酌一番。先生待人热情似火，治学严谨有加，于此可见一斑。

在序文中，先生依然自谦不已，于我却赞誉多多，无论是叙及过往，还是寄语未来，字里行间无不涌动着先生的拳拳之心，让人既感动又汗颜。

我知道，先生一直以来对我的宽与严，包括年近九秩高龄，还不辞辛劳，欣然为我作序，这一切的一切，都源于先生对我等后学的奖掖之心、殷切之爱。

先生乃为师楷模，弥足珍贵；我将永铭在心，时时镜照。

手疾眼快的朋友或已发现，与《江流有声》相比，本书多了若干精美插图。这是为了响应书友意见，让本书变得更为丰富生动，以期弥补《江流有声》曾经的遗憾和不足。

这些插图连同封面图是当代画柏大师、人称“刘古柏”的刘善平先生所作。我与刘兄是老乡，不过他是武汉城里人，我是鄂西山里人。我们还曾是同事，1993 年湖南省财政厅下属信托投资公司创办《投资与信息》杂志，我是责编，他是外聘美编。后来我到了厅机关，他也因缘际会调入省地税局主办的《税友》杂志，做了专业美编。算起来，我们是 30 年的老友了。

这次我求到门下，刘兄二话没说就接过了“任务”，并马上开始精心构思创作起来，其间还反复与我讨论修改，可谓费尽心思，绞尽脑汁。

限于篇幅，书中选用插图虽然不多，但却明显为全书增色良多，相信会得到文朋诗友们的喜爱。

回头说说为本书题签的青年才俊陈劲帆先生。

金果坪人杰地灵。与给《江流有声》作序的希白兄一样，劲帆君也是金果坪老乡，只是年龄小我俩许多，算是新一代金果人了。因他姨父是我高中同班同学和几十年好友，我们才相逢于网上，去年他从网上买了一本《江流有声》，我们又愉快地成了书友，知他新疆当过兵，现居北京创业，爱好书法绘画，在一家书画研究院担任副秘书长等等，但素未谋面。

与希白兄为我作序，是我发帖征文、他主动揭榜不同，劲帆君的题签，是我主动求来的。不久前，他特地用隶体写下“江流有声”四字条幅，晒在书友群，赢得喝彩一片。我一看，正是我喜欢的模样，便马上伸出手去，请他将字赠我，并再次灵机一动，打起了请他为《大地无言》题签的主意。

江山代有才人出。前年我请作为普通中学教师的老同学希白兄为同样普通的《江流有声》作序，问世后好评如潮，可谓创造了一则小小的文坛佳话，如今我再请同样名不见经传、同样来自金果坪的青年才俊劲帆君为我的新书题签，不是更有价值和意义吗？

谁知劲帆君竟然“不接坨”，说他的字“拿不出手”。可在我看来，其实是他不够自信，于是又给他做起了鼓劲工作，并终于说动了他。没过几天，他便寄来了大作，不但有先前的“江流有声”，还有新写的“大地无言”，每样都写了两幅，由此可见他的认真。

展卷玩味，劲帆君许是因第一次给人题签，心理压力偏大，手脚似未充分放开。但有几人的“第一次”不是这样紧张的呢？我倒是从点横撇捺之间，真切感受到了他创新求变的胆量和锐气。他本是若干书协、作协和全国散文学会会员，我想，只要假以时日，谁敢肯定，未来的他，就不是一张闯荡书法之海的强劲之帆呢！

我很愿意把这美好的祝福，送给这个新一代的金果人！

最后要感谢的，是湖南文艺出版社和她的社长陈新文先生。

湖南文艺社作为业界龙头，新文先生作为掌门，在市场竞争巨大压力之下，在普遍“电子化”“碎片化”阅读之今，在散文尚处“冰河期”之时，还愿意把关注的目光投向“散文”这种偏小众的文体，投向这本平凡叙事、普普通通的纸质文集，以及她同样名不见经传的作者，这实在是太难得了。

在我看来，这无疑是一种巨大的勇气，一份无言的担当，更是一种超常的智慧，一束理性的光芒。相信读者诸君也会深有同感！

因为责编《江流有声》的缘分，温婉知性又年轻有为的谢朗宁女士自然成了本书责编的不二人选。她也欣然担起担子，把关守口，尽职尽责，咬文嚼字，精益求精，为本书倾注了大量心力。对此，我真是十分高兴，十分感激，十分放心。

无奈再多再长的谢忱也会挂一漏万，还是打住吧。总而言之，谢谢所有为本书顺利问世提供了帮助的师友。

你们，才是我最坚实的大地！

谢学亮

2023 年 2 月 21 日